枷的鑰匙

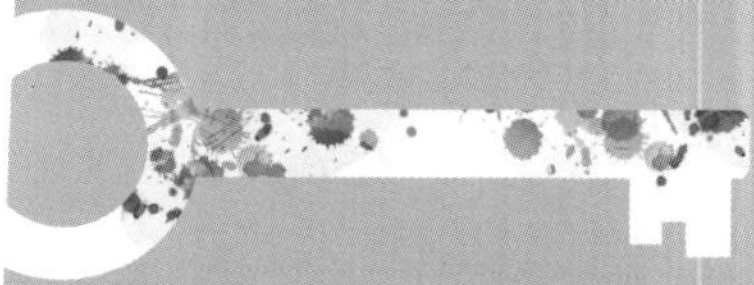

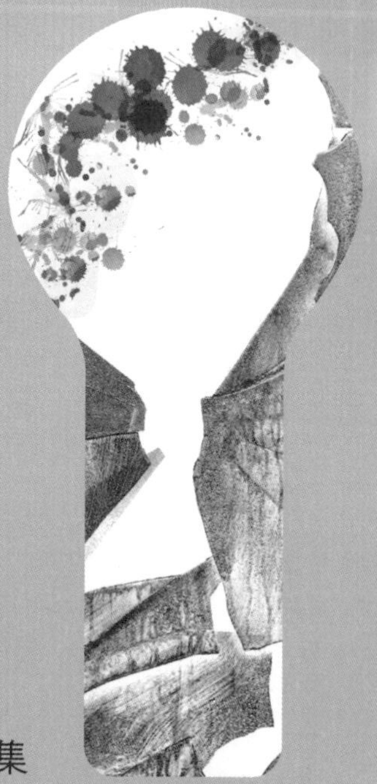

二〇一六全國台灣文學營創作獎得獎作品集

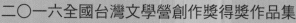

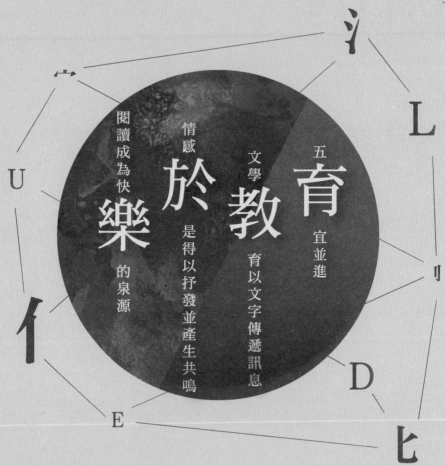

目次

小說類

散文類

新詩類

小說類

首獎

游筑鈞

子宮的樓上

乳白色的陰毛微微黏在肥皂上飄動著……

用肥皂洗陰部時，怕弟弟手淫的精液也跟著跑進陰道，就懷孕了。十幾對奶子同時餵養著，但不吸吮，含著，並且咬斷就可以了。乳汁一丁點都流不出來，鎖在乳房裡，成為硬塊。拿試用品畫濃黑眼線，不小心畫到眼珠上，想像大家眼皮上的細菌通通衝進眼珠裡的畫面。吃雞胗，嘎啦啦的嚼碎那小動物的內臟（你的胃，進入我的胃）。

把媽媽的內臟吃掉：她的胃，進入我的胃裡。我的心，我的腦，也會與她的融合成一片血肉模糊的樣子……。媽媽吃掉我的心，我又將她肉體全吞食下去。有時候我跟弟會偷偷將耳朵貼在爸媽房間的門板上，偷聽他們做愛，互相把對方嘎吱嘎吱吃掉的聲音。她高潮的表情就和她躺在棺材裡的表情一樣。只是水分蒸發後，她的表情和臉縮水了好幾倍，但五官上揚的角度是一樣的。她變得好小，躺在棺材裡，毛髮不再張揚。化過妝，咬著細小銀片。

一次又一次，媽媽失敗，但你成功，在子宮著床，在他們還未決定要篩掉某個染色體之前。你成功著陸，受精卵開始分裂，越來越大。你也有一個小小的子宮，裡頭有一顆你偷偷藏起來的爸爸的精子。你在子宮裡時，就已經有另一個子宮了。（奶奶說，等我媽走的時候，她也可以把她生回來。如果媽決定，想要再投胎一次的話。）

她吐了。但妳很飽。所有東西又從她的胎盤流走。她的手輕輕摸著肚子，妳感覺得到她輕微的憂慮，大約在頭頂上方三十公分處發出虛弱的憂慮訊號。從在她的肚子以來，她就明白我們必須一起生存下去。她都是透過那撲通撲通的聲音來確認我的存在。如果沒有我，只有那噗噗的訊號，說不定她也會以為我是真的。有時我覺得吵，但找不到關掉聲音的某方法。

緩緩呼吸，瞇著眼，感覺羊水模糊地擾動。我長出淡淡的毛髮，開始有自己的體味。某一天，胯下小小的兩片陰唇奇癢無比，我蹬著腳摩擦。她的肚子並不尖。我擠出子宮口，自然有天我會感到即將溺水。暖暖地溫熱地流水，如果她死了，我也會死。如果我死了，她也可能死，但她可以堅強活下去。是一種堅強的媽媽。

緊緊地被腥紅色的肉壁包裹住，她很緊張，我感受得到。在羊水裡漂浮著……很像在星空裡，其中有顆星星掉進肚子裡。吞下精液時躲過胃酸瘋狂的攻擊，直到腸子，肛門，又溜過會陰，跑進子宮。妳是純天然女孩。

（涼涼的石膏像一張陷阱一樣，網住了他們的乳頭，乳頭因為低溫而收縮挺立，暴凸的毛孔，粒粒分明的痕跡，在石膏印模上清晰可見。弟弟和媽媽躺在一起，但害羞得不敢直視彼此。我冷靜地將石膏湊上去塗抹，以求石膏與皮膚間沒有任何一丁點細小的氣泡，「不要亂動。」四團白色濕泥啪啪落在他們的乳頭上。他們的手放在腰間，石膏未乾前，都不能夠擺動自己的乳頭。）

「她在第幾個月流掉？」我在肚子裡輕輕問媽。

「妳說誰？」

「姊姊。」子宮的上個住戶……「她有心跳聲了嗎？」

我忘記了。媽媽淡淡說。

她來不及固定形體，就癱軟成一堆肉塊。臍帶沒繫好，漂走，魂飛魄散。我沒有告訴媽媽的是，爸爸的精子也在我的身體裡，被我偷偷藏起來的。就在媽媽受精的那時候，我也懷了那個「姊姊」。我的企圖，是要把姊姊生回來。

「妳到底在幹什麼？」我嚇了一大跳，差點放手又讓姊姊飄走。這祕密不能被媽知道。我用手指比出姊姊的形狀。媽媽生出我的時候，我的子宮也跟著拉出一串的人。我們就好像互相包藏的肉娃娃，一個拉著一個，一長串的從彼此的子宮裡長出來。

姊姊出生時，長得很怪，她有稀疏的頭髮，奇怪的衣飾，每一件都太奇怪了，大朵的花，大朵顏色，全部亂七八糟堆在一起。綠色、紅色、黃色紫色、粉紅色，針織的、羊毛的、塑膠、人工線、尼龍。頭腦不太正常。

姊姊與我，忽遠忽近，我們就像連體嬰的關係。是我生下了她，到現在，我都還為此事，發自心臟血管末梢顫動的感覺喜悅。

●

畫紙上用鉛筆描摹的，薄薄的一把刀，慢慢從紙上浮了出來。「妳，打算做什麼呢？」

如果殺了所有的人，妳會開心嗎？想像這一刻，拔起插在妳心臟的那把刀，那把想像的刀刃，如今被賦予了力量，如今握在你手裡……。夢想的一刻……但妳不是一直躲避著嗎？幻想成真，安然在你腦袋窩藏的垃圾意念，都從破洞中射出利刃與尖刀。

無間隔，時差零秒。

也許妳該永遠跑得比意念還快，才能在和老師、咖啡店老闆正式做愛前，跑向另一個情境去。妳被所有的意念追逐著。它們轟然在你身後投下陰影，受地心引力而重重、確實地掉在地面上，表示他們「是真的」。

密密麻麻的細長字條、字捲纏繞在樹林裡，在空中畫出一道一道銀白色的光、線，召喚隱形的線，阿嬤一般古老但是憂愁的年代。

紮起一束束的香，插進土裡，現在它們的高度大概就如稻子初夏，最繁盛的，插了一排排，總算有點稻田的樣子。所有昆蟲都在逃難。一束束香都被點燃，濃煙密布。

「歡迎來到我的家廟。」我想像我跟藝術學院的師生講述這些話：「現在這些香，就好像稻子一樣，只是它們會慢慢被燃燒，最後剩下紅色的稻稈，像收成完，在田裡放火燒稻稈，完了的樣子。我想致敬阿公和阿嬤種田的日子，他們是我至少還能親眼見過的家族最早的起源。香也有計算時間的意思，稻子隨時間成長、消亡，而這裡，只剩下時間被燒完的狀態。」煙越來越濃，一組充飽電的音響在森林裡，朗誦著：「阿嬤已經無病無痛，也無想要擱再投胎囉……」

這裡是森林，有土壤，不像一般展覽空間的水泥地，可以插入東西。所有屍身在這裡都會被啃食殆盡。每次都不知道自己踩中了什麼，可能是懷胎的非洲大蝸牛，黃色的卵過於提早地被迫成串擠出，你還能看出這些卵在巨大壓力之下，依不同速度盤旋嘔出，蜷成一團像剛爆出來的青春痘油漿。

突然有一隻鳥摔落地面，啪啪啪的掉下樹。我感覺到有某個幽靈默默跟在身後，不時回頭，還是沒看見。

「你回去吧！誤會了，我並沒有要帶你回家。抱歉打擾你了。」

它還是沒回話，被不小心撿起來以後，它也沒有要把自己放回去的意思。

「我點香只是為了交作業！你回家吧！」

我趕快逃出樹林，不想再回望那株不小心被我用字紙條纏繞的豬母乳樹，還有那片黑壓壓的姑婆芋葉林。陰陰的蜜月小徑，是這片森林的名字。

●

針刺一般的小黑點，分布在腋下和腋後，費洛蒙分泌的地方，汗多，最騷最臭，密密麻麻。黴菌斑點內褲，緊貼溫暖潮濕的陰部。

「換這套怎麼樣？」我轉身問姊姊。

一整套鮮黃色的毛茸茸偶衣，我整理那條特別長的、毛茸茸的、拖曳在地上的長條，以免打結。理了半天，才發現原來根部在胯下的位置。

另一套是費了巨大的透明布料，做成的氣囊一般的衣服。

「那這套呢？」那是一套粉紅肉色的半透明緊身衣，屁眼的部分有一根非常長的尖刺，一轉身就打到人。「這一套？」換胸口的地方有很長的柱狀物，沒法與人握手。我開始覺得有些焦躁。

姊姊什麼都沒說，眼神灰濛濛的，但裡頭又有一顆小星星般的亮點，在眼珠中亂竄，姿態像是一隻可愛的小魚兒。她本來沒邏輯的低語，後來又問：「叫妳千千好嗎？」「千千？」「大千世界的千。」

將耳朵貼在姊姊胸口，聽見有些零碎的心跳。她不想說話，只是把這些衣服收回去，坐在裁縫機前又答答答的縫了起來。

●

現在每個人聞到從我胯下傳出來的味道，就是這一味。上個情人留下來的牌子。買一百瓶放著，就可以用到死掉為止。我是沒有自我的人？我不介意把陰毛的味道讓給那個情人。他每次都會替我把每一根陰毛，細細用手指一根一根梳開，梳直。

「妳的憂鬱位置在這裡。」情人指指我的肩膀，還有膝蓋之間。

「這裡。」他叫我躺下，兩腳屈膝併攏，兩坨圓圓的小肉山在我面前，膝蓋之間就是我的敏感帶。等同陰蒂。

「舒服嗎？」他輕輕搓揉著我的膝蓋夾縫，快感漸漸蔓延開來。

爸和弟闖了進來，我趕緊把雙腳分開。

他們有點歉疚，但又帶點怒意地說，我不該偷偷把姊姊生下，又將她默默地藏起來。房間地板這時，由我坐的地方為中央，緩緩向下凹陷，注入暖而滑膩的水。椅子飄起來，水面氣泡，還留在地平面上的書架，木頭桌子，破碎光影。

另一個房間，藍綠色牆壁，與另一面橘色牆壁的房間，我坐在小小的藍綠色凳子上，選了一枝灰綠色蠟筆，對著敷銀粉的畫紙撇了幾筆：時而收縮、時而呼氣漂浮的銀灰色圓弧型牆面讓人無法確定，這是房間，還是暫時被聚攏的空地。

藍色的藍色的海，海嘯，蔓延過邊境，撲嘯過來，將靈魂們舉得好高好高……。我瞪著畫紙上青藍青藍的蠟筆觸，觸覺開始慢慢蔓延，形成一股亂流，將我托了起來。指尖髒髒的蠟筆油脂堆積在一塊，融化成黏黏膩膩。

「我在打開窗的那一瞬間看見四年前。」她對我這麼說。儘管我是她的客人，或者說我是她的患者，她的觀眾，或者她的主人。

「我們從這裡逃出去好嗎？」妳想出去嗎，不想。

妳倒臥在那裡，但我沒有開燈，反而一直說話。如果再來一次，不和妳聊天多好。「我對妳有暴力的想像。」

時間到了，我穿上鞋子，避免驚擾妳，因為妳光腳，沒有聲音。

「是的！在朋友與敵人面前，祂為我擺設筵席。」說完，姊姊挽著青綠色貂毛外套，頭戴綴著鮮黃織花的淡粉紅圍巾挺胸挺背，堅定走出子宮堅挺的肉牆，莊重如演員。

游筑鈞

現就讀台北藝術大學美術系，曾就讀新媒體藝術系。

最近在與夥伴們接龍寫一部小說，寫作不再是只有一個人的事。這是最近經歷的有趣、迷惑又彼此拖稿、催稿的關於寫作的經驗。

在美術學院中重視覺印象，有時候不甚明白文字的角色，文字在其中常常被要求不只是白紙黑字的思考。游離是最常感受到的，默默融入然後被消化，再被吐出之後還是白白灰灰的不清楚。每踏入另一個領域又再感受到衝擊。

得獎感言

感謝營隊遇見的所有同學、老師，以及小說A組的同學們，和陳雪老師，這幾天真的很開心。

謝謝所有願意花時間、曾經閱讀過我的作品的人。

感謝給我最多生活支持的爸、媽、弟，以及相伴多年的好友、文友、新朋友們（Molly、Steven、佳妙阿姨一家、Wave、竹君、嘉雯、嘉慧、湯、浤、佳萱、小菲、Joni、詠華、柚承、詠甄、桉桉、Christie、MinMin、逃亡的筆者們），圖書館的可愛同事們。也感謝印刻出版社。

小說類
佳作

炒飯

許淳涵

閉店了，由上而下巡視完百貨公司後，小雄之所以願意再度上樓，都是因為裕昌桑要親自下廚炒一鍋飯。

其實在新光三越百貨這種地方，從地下三樓的安全管理辦公室直奔五樓的日本料理店廚房，並非什麼通天難事。但此舉大大違反了夜班安管的工作美學：以靜制動，除非火災，睡覺至上。

必也正名乎，安管不是保全。保全是各位親愛的顧客進場時經過的第一個人。保全也是各位敬愛的大哥喝多了要打人，打的第一個人。保全是自己也保不全的人。

閉店的百貨在星期五、十點半的信義區沉靜到接近枯寂。衣冠楚楚的模特兒沐浴在殘留的鹵素燈下，沒闔眼。地上池邐著濕亮的拖把痕，默默乾燥。

一〇一高著，俯視燈火燒夷這座睡眠被放逐的森林。它的彩燈能穿透夜空，卻進不了關閉的百貨，只在玻璃櫥窗上抹了道潦草的倒影。

小雄在電梯寫著5的按鈕上拍了一記，隨即斜在一角等待。電梯門還沒關，清潔組的陳媽鑽進來要共乘上地下二樓。今天明明沒下雨，卻見她腋下夾著兩把傘。陳媽感受到小雄瞄過來的眼睛，打哈哈道：「大陸客留下來的，我看擱新新，帶回家去。」

「那怎麼沒多拿幾支？」陸客除了會帶來洶湧的GDP，也會留下豐盛的失物。這是為什麼全百貨的基層員工沒住過附近的五星級飯店，卻人手有支質感不凡的贈品雨傘。

「就兩支也夠用啦！」地下二樓到了，陳媽出了電梯。小雄摁了摁關門鈕，電梯門關緊時，自動廣播仍在以多國語言昭告世人電梯門要關了。

出去前，陳媽戴上了騎機車用的花布口罩，和制服頭巾搭在一起很像古怪的頭罩。待會加上安全帽，瞧她包的，小雄想到他女兒曾拿過一本叫《地底三萬呎》的書給他看過，說裡頭有個帽人，和他有些像，可以對照對照。

像個鬼，他想：十五年來新光三越百貨的冷氣把他吹得通身怕熱，怎就戴得住帽子？他也不是收垃圾的；安管管的是店裡各櫃的安全衛生，做的是公安風紀，和收紙屑廚餘有什麼關係？再來，他也不像帽人那樣會說故事。若他會，也許他女兒會更愛他。但這不是他。

電梯爬過地下一樓，寫著「美食街」的字牌亮起了昏黃的光。一晚，小雄發現有間排骨小吃店閉店了但電鍋猶自煨著沒有肉燥的空砂鍋，隔天愣不登開了小吃店一張兩千元的罰單。店老闆親自提了五個排骨全餐拜訪安管組期望罰單打折，被打了回票。有些事是排骨飯不能妥協的。

不能妥協的事情，還有美食街那群「小朋友」。小朋友就是小老鼠。其實營養好的小朋友一點都不小，腰圍直比碗口粗。安管一雙手剿不清世居於此的小朋友，只能盡力要求店家肅清廚房可食用的渣屑，對拋頭露面的小朋友零寬恕追擊。料理鼠王可愛歸可愛，但人們不會想知道每張他們上傳的美食照裡，其實不只有人與食物，還有小朋友的吱吱笑。人與小朋友其實坐擁同一座物質和慾望的山，只是他們在不同的角度尋覓與啃食，互相不承認而已。

他就不知道這樣的百貨有什麼魅力，為什麼能在名叫信義但沒信沒義的寶貝地皮上像筍子一樣，冒個不停。對一個安管而言，百貨的漂亮是萌發百禍的可能性：小至扒手和漏電的插頭，大至天災地震，更大，則又回到了人身上。

電梯又開了。一個年輕女聲哎呀一叫，還早應該不是鬼。她道了個歉。

「喂喂喂，都閉店了，你怎麼還沒走？」

「小雄哥真不好意思，我電梯禮手勢練不熟，明天當班怕出糗。再讓我練一練，我一下子就回去了。」應該是新來的接待員，他還不認識她，倒先有幫姊姊媽媽教她認小雄了。四十五歲前，他嫌「小雄哥」肉麻，四十五歲後，這綽號聽了和豐年果糖一樣甜。

「好吧你練吧，早點休息。」

「はい！」她的白手套比劃了一陣，在電梯門前猛一鞠躬，滾邊圓帽掉在地上。

還是個孩子，他想。這地方的人，男的女的，好看的不好看的。都不安分。她倒不同，把日本人留下來那套鬼畫符規矩當藝術練習，認真了。但藝術好像就是認真以待沒用規矩的產物。

一樓的化妝品櫃飄著一股不散的脂粉味，電梯一開一關給剪了一段進來，圍在小雄身邊。他遇到聞不慣的味道總會圓張鼻孔吐氣，好像能將之嗤散。但那味道十五年來未曾散過。散不掉的夢幻香氛便不如夢似幻了。

他看了看錶：十點三十六分。電梯那聲清脆的鈴會敲在抵達五樓的前一秒，像某首交響曲為三角鐵精心策劃的一響「叮」。還是那其實是打字機？他時常猜，電梯裡會不會其實藏著一個穿燕尾服的樂手，專職為電梯演奏三角鐵，為每次抵達配上清脆空靈的聲音。若有的話，他摸了摸口袋中的鑰匙串，他怎會沒有三角鐵廂房的鑰匙？他無奈地撥了撥那串沒有音樂的金屬。

三角鐵回應了：五樓到了。

裕昌桑那張紫蘇梅般的圓臉出現在電梯門外，裂出一個笑容。

「昌仔，都這麼晚了，沒關係嗎？」小雄從口袋抽出手打了個照面。

「嗳，不要緊的，你跟我來！」

他們穿過晦暗的餐廳，直取廚房。料理檯拾掇得光潔銀亮，一旁兩個學徒在洗碗，另外幾個散在四處刷地。滿室水龍頭的潺湲。

「備料——我要來示範炒飯。」洪亮威風的嗓音從裕昌桑甜津津的梅子臉射出，洗碗的學徒肩膀一震，關水揩手蹬向冰箱。

小雄站在料理長背後清了清喉嚨，站直了。只見料理檯頓時排妥了菜肉魚飯，四顆雞蛋仍左右晃悠。

「這是炒給自己人的飯，魚怎就這麼少？」學徒垂手互看了一眼，默示無辜。無菜單的示範是無預告的演習。

小雄把手插回口袋，訕訕觀賞牆上的鍋具。裕昌桑一手提鍋，一手伸進冰箱折出了厚厚一塊鮭魚肚，中指和無名指之間還夾了幾片培根。

魚和培根飛摔到砧板上，一個學徒立馬把東西片了。

「小樽那邊還好吧？」小雄問道。

「呀欸賽啦，老樣子。」裕昌桑揀了根長柄勺，「阿惠沒我忙不過來，也不想多請人，之後要把菜單改卡少樣。」

料理長除了連鎖日本料理餐廳的行政，在景美的巷子裡還開了間叫小樽的台日小吃店，中午打客飯，晚上給人啖串燒搭酒。小雄一吃到裕昌桑的炒飯和豬排丼，人就蕩漾了，走不了了，從熟客變朋友，又發現大家在同一個屋簷下工作。光顧是少不了的，有莽客對阿惠無理或嫌小孩服務不周，小雄見狀總會斡旋。

「你整套炒飯很早就絕跡了，這次要刪什麼？」小雄難掩惋惜。

「啊哉，怎麼樣都是身體要緊，你說是不？」裕昌桑開了火，對學徒喝道：「看好——」

長柄勺在鍋裡注了一汪油，等油熱了把蛋液碎成盪轉的雲花。接著蔥蒜魚肉陸續進鍋，爆得四人額頭上都是汗粒火光。整棟百貨大樓就剩那口鍋在忙活。

「我這頭殼！也沒先問你們愛吃哪個口味，就炒了個辦桌才會上的海陸蛋炒飯。」裕昌桑一邊抓空說話，飯浪一邊在鍋裡翻騰。話畢，他給飯潑上一大匙醬油，鍋中倏地鼎沸起來，像神明過境的街道，滿地是爆竹剌喇喇地攢動炸裂。

飯一起鍋，在尺來寬的圓盤上堆成一座瑩亮的米塔，聳然冒著氣，有金字塔的氣派。裕昌桑接過學徒遞來的毛巾，揩過了臉，向小雄道：「這些給你和阿光，應該夠了吧？」

「夠的夠的，很夠的。」小雄點頭道，接過炒飯。當他和裕昌桑回到電梯口，他問：「你要下來嗎？」

「這次不來了，我盯完廚房還要回小樽看看。炒飯就當是我的心意，你告訴阿光就好。」

小雄看昌仔走回餐廳。這次不搭電梯了，捧著一大盤噴香的炒飯沒來由給人撞見，怪窘的。他決定走樓梯回地下三樓。

他用腳頂開了安全門，聽自己的皮鞋跟迴響在樓梯間。下至三樓，他見到下方有個踞在台階上抽菸的人影。

「又給我抓到，看我這次一定要開你罰單！」那人仰頭一轉過來，是個不及三十歲的油頭白臉。怎麼記不得去年他梳這頭，換了？

他手忙腳亂撳熄了菸，束手道：「啊不不不不不，雄哥，這次你沒看到。你沒有看到、你沒有看到，」他踩上小雄身後高一級的階梯，手放在他肩上，又說：「你沒有看到。」

小雄雙手捧著炒飯無法格擋，只得彆扭晃動發福的身體。「嘖，別過來！你們卡文克萊這些賣內褲的一定要這麼纏人嗎？」他沒看過哪個原本是保全的能摘掉帽子轉當專櫃，賣的還是內褲這種既私密又張揚的用品，裡頭應有種幽微的本事。

「那什麼？好香。」

「不會自己看嗎？沒你的份。你菸蒂給我撿起來。」

傑森那雙連窄管褲也嫌寬的腿格登格登蹦下樓，他抄起了菸蒂，說：「雄哥沒有看到好不好？」臉上堆滿牙膏廣告上常見的燦爛笑容。

「走走走——」小雄以腳代手甩動著，示意驅趕。傑森落荒而逃又中途折返，撈起他擱在台階上的手機。小雄忽道：「傑森，你想吃炒飯是不是？」

「我不乖雄哥還賞我呀？」

「你聽好，這是裕昌桑炒給阿光的。」傑森先是一怔，後來會意吱了一聲。「你跟我下去布置，飯不會少給你。」

「一年了？」傑森瀝乾了聲音裡的油，低聲問道。

「今天剛好滿一年。」

「大家這番心意給光大哥，他一定會很高興吧？」小雄沒有答話，傑森伸手要端飯，他沒承讓。他們並肩下樓。

下至一樓，小雄轉頭向傑森說：「我把東西理成了一包，和折疊桌一起放在我座位，你去拿上來。」傑森去了。他端著炒飯穿過一溜粉餅展示櫺，餘光看見自己的側臉出現在一面接著一面的梳妝鏡裡。光來自店外，店內鏡面暗如錢幣，當小雄的側臉映入鏡子，好像在幣面壓上一張作古的思想家臉孔。思想與權力彷彿能讓一個人連雙下巴的皺褶都意味深長，死了還會有億萬個錢幣上的自己躺在收銀匣裡，和其他偉人瞪眼交流。

小雄支起一邊的肩膀，擦去流到下巴頦的水珠。沒有人會記得和印刷他的臉。自己的汗與淚要自己擦。

側門外站了好些櫃哥櫃姐，手中有菸的看見小雄迎面而來忸怩了起來。領頭的芊慧問道：「怎麼沒有桌子？」

「傑森等一下會拿上來。」

「他行嗎？」

「阿光很照顧他，況且那晚他在，就是他——」芊慧點了點頭。

「怎麼這麼多人？」小雄問。

「一些妹妹聽說了阿光的事，自己要留的。不知道的，給她們上一課吧。」

小雄平時消防講習，如果台下妹妹越多，他越來勁，示範滅火逃生時嘴裡說的火勢就越大。這大家都知道。今天卻不見這番興致。

他環視人臉，讓芊慧接過炒飯方手足有措。他朗聲道：「這裡誰不認識阿光，保全隊長邵海光，舉個手好嗎？」人群後面一個小姐舉起了手，是那個行禮掉帽的電梯小姐。

「應該不只品芬吧，」芊慧問道，「沒關係小雄，你就說該說的。」

「邵海光，阿光，你們的光大哥，是公司的保全隊長。你們應該都認得他，因為他會先認得我們館裡十八到二十八歲的美眉們。芊慧姊他當然也認得，因為芊慧永遠二十八歲。」

小雄沒料到平時說笑的口吻流露而出，好像阿光就在旁邊一樣。他見芊慧沒白他一眼，繼續道：「阿光是我大學童軍團學弟，退伍海軍，十年前加入三越，今年會是他第十一年服務。有他在的門，你們可以在地上鋪紙箱睡在那裡，不會有事。他是退伍海軍，我知道你們都說哪裡給光大哥一站哪裡就有海風。」有些櫃姐噗嗤笑出了聲。她們還沒看過阿光穿海軍制服的樣子，一身白不是每副身體都經得起的，有的人全身白像過萬聖節扮幽靈，有的人一身白好像血統來自太陽。

阿光說他軍艦蹲夠了，海看夠了，想看人。在海上擦亮船舨沒有人會對你笑，在城市裡擦亮皮鞋就會有。「你真的要做保全不來當安管？我可以介紹你，大家都認識總有個照應。」小雄十年前這樣問過阿光。安管保全這行不乏軍人，小雄自己的組長就是前警總海岸巡防大隊退下來的。保全算是屈就他了，但見他航線已定，也沒好說什麼。

「一年前的今天，凌晨兩點，公司一個小保全值班看到有人把跑車違停在店門口的公車站平台上，硬是把兩輛車趕開了。約半小時過後，那兩輛車回來了，車頭直直壓到一樓卡蒂亞的鑽石櫥窗前。一夥八、九個人。他們不知道保全換班了，下車一不做二不休開始海扁在門口站崗的藍帽子保全。」

「阿光，阿光起先有機會逃去報警，但他想反擊卻打不過他們。車不是他趕的，但沒有人管這麼多。他們拿酒瓶和球棒砸他的頭，剩下的酒淋到他身上，和血混在一起。然後他們起鬨輪流朝他丟菸蒂和點火，看會不會著火。」

沒有聽眾注意到傑森帶著桌子上樓布置，芊慧去一旁幫忙。

「火有點著，但不嚴重。不嚴重的意思是，阿光已經被打到顱內出血不醒人事，若不是這樣，一點衣服上的火燒點皮是帶不走他的。」

芊慧領著傑森，他抖著手把線香發給每一個人。

「樓上的日本料理店那天包場到差不多時候，料理長裕昌桑下樓一看到阿光，連忙送他去醫院。那晚我值夜班，他沒有聯絡得到的家人。只有我和昌仔看他急救無效回去。」

小雄領過香，道：「今天說的話不是演習，是真的。你們可能有問題，但我回答不了。我只能把我知道的告訴你們。上完香，我們仍有我們的覺要睡和卡要打。我們有我們的人生要過。但請你們好好吃自己碗裡的飯，珍惜自己身邊的人和生命。」

人散了，裕昌桑下了樓來，「還是來看看」。珠寶店猶在，夜裡只剩櫥窗熠熠照人。櫥窗主題來自亨利・盧梭畫的熱帶雨林，草叢後有隻剪紙黑豹森然窺伺，當期鑽錶光芒萬丈地運行著，和對街戲院的巨幅海報相望。他們背對著櫥窗，裕昌桑斟滿了三只清酒杯，給了小雄兩杯。一杯灑在地上，另外兩杯碰出白瓷清脆的「叮」。

許淳涵

一九九二年一月生於嘉義，師大附中美術班及詩社成員，台大外文系畢業。現就讀於牛津大學現代語文研究所。愛吃和畫畫。

得獎感言

我來自一座對食物投注顯著心力的島嶼。這篇作品是一部memento mori，獻給我享受並想重新看待的文化。

小説類

佳作

粘祐瑄

孤獨萬歲

從她上大學第一天，她就開始好奇自己什麼時候會交男朋友。她想不會太快，但大概也不會太遲。於是社團、學業、打工把日子磨啊磨，曖昧對象一個又一個走過伸展台然後淘汰，她還是孤身一人。直到她聽到一個校園怪談：大二聖誕節前沒交男朋友就會大學四年都單身，她才開始有著急的感覺，但也不太明顯，只有她的日記能知道她有多惶恐。

然後不知怎麼的，就像懷胎十個月後嬰兒順著產道滑出來一樣自然，她就交男朋友了。剛好在聖誕節後一天，至此之後她再也不想相信那些怪力亂神的東西，但星座運勢除外。原本她以為自己會大肆宣布自己終於脫離二十年的母胎單身行列，但她什麼也沒做，她照舊生活、吃飯、上課，和朋友出去玩，沒有因為多了一個身分而打亂她的生活步調，唯一小受影響的只有她的睡眠時間。過去她習慣十點就寢，現在她十二點才熄燈，偶爾會拖到一兩點。

第一次牽手、第一次擁抱、第一次接吻，等她都經歷過這一切的時候，她才知道這些也像交男朋友一樣自然，或者應該說是平凡，沒有電視劇那種噁心巴拉的配樂和燈光，只有單純兩個人之間的知覺交鋒。不過值得一提的是她終於明白接吻的感覺，熱熱的、濕濕的，還有點黏黏的，如果你加點舌頭在裡面，你會覺得自己在品嘗某種無味的蒟蒻塊。可這些就算看過再多部愛情小說和電影，若不親自體會，永遠不會懂百分之一，或者千分之一。

如果說地球孕育人類是一種變相的自我破壞，那談戀愛也是。剛交往的時候，一邊散步一邊討論待會吃什麼是她和男友之間最開心的時刻，意見分歧的時候男友總會笑著抱住她說：「你覺得好吃我就覺得好吃。」等到交往第二年，意見兜不攏時，男友會冷酷地丟下一句：「要不要跟來你自己看著辦。」等到第三年他們終於不再為吃什麼爭執，她成為一種比深海還安靜的存在。她或許曾感到委屈，曾意識到名為自我的東西漸漸消失，但是這一切發生得這麼平和，輕輕巧巧，以柔克剛，滴水穿石。

莫名其妙就失戀了。她幾乎沒時間感覺心痛就恢復成單身，直到母親打來一通久違的電話，多舌的問起男友和她的近況，她才感覺眼眶有點潮濕，只是電話裡她還是開心地向母親笑談一切都好，都好。她開始收拾所有堆積在租屋處的東西，只要能提醒她曾經有人住進心房的器物都得清理掉，上上下下，她進行了地毯式的搜索，終於把散落四處的回憶打包完畢，比美容師清粉刺還光潔俐落。

出門逛街沒人幫忙拿包包，她讓自己的手擺啊擺，想像自己要獨自去郊遊；挑衣服時不用管價錢，只管自己喜不喜歡，看對眼就勾搭進臂彎；吃飯時不用管食材裡有沒有牛肉，直接叫牛排淋滿紅酒醬，再大口咬下。一切的自由都來得這麼自然，就像懷胎十個月後嬰兒順著產道滑出來一樣自然，可她懷疑她終究是難產了。

鬼月還遠，生活裡卻鬼影幢幢，做什麼她都會想到曾經有人陪伴，吃什麼都會想要找人分享，看見什麼都會想著有人或許適合，前男友成了最兇惡的厲鬼，揪著她不放。她費盡心機想重新找回七年前那個心如明鏡的自己，卻在努力了三個月後，發現自己只是在自導自演一齣可笑的舞台劇，而觀眾只有她自己一人。

分手六個月後，生活似乎已重新上了軌道，她也重新取回對生活的完全指揮權。她不再強迫自己每個禮拜用雞毛撢子清理書櫃，不再叮嚀自己不能把外套掛在餐廳的椅背上，不再要求自己每個禮拜六下午定鬧鐘趕垃圾車。她成功地讓租屋處恢復成過去男友口中的「戰場」，直到某天午覺起來，她被她的布鞋絆倒後莫名其妙痛哭了一場，滿臉淚痕地花了一整個下午整理住屋。結果她還是把碗盤斜放四十五度角、拖鞋頭一律朝向室內，連牙刷面都要靠杯子的握把放。習慣的養成果然是輕輕悄悄，以柔克剛，滴水穿石，強迫改變就像強迫把相反磁極靠近。

分手八個月後，她調回家鄉工作，搬回家和母親同居。母親節將至，她特地排了假陪母親回娘家探親。聚餐的時分，阿姨們好奇地盤點所有未嫁的適婚女子，她在劫難逃。於是她再一次選擇撒謊，客套地堆起笑臉宣稱自己與男友很穩定，只是彼此都還沒考慮結婚。諷刺的是，遲遲未有男友的表姊突然在聚會上公布自己佳期將至，對象是上市公司的新貴。好酒沉甕底，阿姨們咯咯笑著，母親臉上是一貫的從容，但她手心裡全是汗。

聚會回來後，她開始積極聯絡周遭朋友幫自己介紹對象。出乎意料的她成了挑剔的刻薄女人，太矮、太胖、不愛運動、衣著邋遢、太感性……一堆吹毛求疵的退貨理由弄得朋友們灰頭土臉，尷尬地陪過笑臉後，開始自動忽略她的徵男訊息。到頭來她才發現自己不是在找對象，只是在找一種二十一世紀不合法的東西：複製人。

一天晚上她去游泳的時候，忘記拿洗髮乳，她裹著毛巾從淋浴間走出來，經過落地的全身鏡時，她看了一下四周安靜無人，衝動地鬆手讓浴巾落下。鏡子裡是一個二十七歲女人的胴體，胸部依然飽滿，腹部依然平坦，肌膚也還光澤動人。唯一的問題出在那張清麗臉龐上的大眼，太空靈了，好像什麼都在乎又什麼都不在乎。她忍不住靠近鏡子，想一探究竟，可惜這時候剛巧有個全身濕漉漉的小女孩闖了進來，她驚得抓起浴巾裹住自己，假裝若無其事的快步走回淋浴間。女孩的眼神在她沖完澡穿上衣服後都還揮之不去，那是看見怪物的表情。

從游泳池開車回家的路上她在一個紅燈處察看手機行事曆，赫然發現今天是農曆七夕。其實也不是什麼特別的日子，她記得交往第二年之後他們就不再特地將這個日子從三百六十五天中提出來，到第四年發薪日變成他們的紀念日，會一起出去吃頓飯或看場電影。綠燈亮了，她猶豫了零點五秒之後轉了方向盤，往和回家路線相反的地方駛去，那是電影院的方向。好久沒臨時起意做一件事了，前男友總喜歡讓事情都在計畫之內，他們的生活沒有驚喜，只有規矩。可母親說這樣的男人才適合嫁，聽久了她也這樣覺得，所以在二十二歲她就有二十五歲的思想，二十五歲就成了二十八歲，二十七歲成了三十。鮮花禮物大餐不再，又奈何？她有的是未來的遠景，穩定的生活。

決定看什麼電影的時候她突然手足無措，隔了一陣子她才向售票口說自己要一張七點五十的《神鬼認證5》。拿到票的時候，她終於想起來他們的最後一部電影是《神鬼認證4》。她討厭動作片，但是她想臨時改變喜好有時候也是有益身心健康的事，所以她又走向另一邊的販賣部叫了一桶爆米花和一杯可樂。等進場的時候一對小情侶坐在她旁邊的椅子上卿卿我我，她目不轉睛地盯著他們瞧，彷彿看見什麼珍稀物種。最後是小情侶被她盯得害羞，自己起身換到了另一個角落，沒多久又開始繼續親熱。電影很刺激，但她其實搞不太清楚裡頭的人物關係，不過也無所謂了。

分手一年半，因為公司和安養院有地緣之便的緣故，她陪母親還有外婆一起去探望年屆百歲的阿祖。公共休息空間裡，散落著歪歪斜斜的輪椅，眾老人呆滯地仰望吊掛式電視，電視正播放無聊的歷史探索節目，黑白的資料畫面裡一隊士兵昂首闊步地走過，一個原本斜臥沙發的消瘦老頭突然掙扎坐起，口齒不清地呼號著沒人聽得懂的尖音。母親和外婆快步穿越後消失在走廊，沒多久便推著輪椅重新出現在她眼前。輪椅上的老人一頭露耳的極短白髮，她想起前陣子自己曾經想嘗試這種個性短髮。外婆推著輪椅率先穿越公共休息空間，她和母親跟隨在後，她感覺她們像一列可笑的遊行隊伍，猛一回頭，所有老人的混濁目珠全都緊咬著她們的身影不放，她手心裡全是汗。

她們在一個較僻靜的休息空間停下來，外婆手忙腳亂地拿出路上買的碗粿、香蕉和葡萄，她自告奮勇去外面的水龍頭洗葡萄。葡萄很美，飽滿而晶瑩，嬌嫩的像少女的胸脯，她溫柔地洗搓著，發現自己好久沒這樣生氣蓬勃。入內後，外婆和母親正輪流大聲地在阿祖耳邊咆哮，她知道那是因為阿祖有嚴重重聽，只有這樣才能對話。媽葡萄汝愛呷無，外婆大聲咆哮。阿祖用力地點了一下頭，於是她傾身坐下，開始剝皮。

近看她才發現阿祖的眼窩和嘴部凹陷，和她手上顫動的豐滿果肉相差甚遠，等阿祖從她指尖吸吮下第一顆葡萄後，她眼眶開始泛潮，母親眼尖替她揩去，誰也沒說破。大概是老年人消化不好，阿祖的胃口也特別小，葡萄只吃了十來顆，香蕉只咬了三口，碗粿只挖了一小角，便口中直嚷伊呷未落去矣。

一切就像倒帶一樣，她們再度形成一列隊伍，穿越電視機空洞作響的休息空間，身上再一次被眾老人的目光雷射掃描。離別時分，阿祖眼眶泛淚，外婆眼尖替她揩去，誰也沒說破。但她終於明白讓她落淚的原因是跟阿祖一樣的。因為這裡孤獨叢生，看不見也摸不著，如瓦斯瀰漫整屋。

分手兩年，她開始利用假日到阿祖的安養院當義工，但說穿了也只是陪眾老人聊天。她協助阿祖交到了幾個新朋友，其中正包含了第一次見到在沙發上的消瘦老頭。護士跟她說老頭曾經左腦中風，語言中樞受損，從此只能發出無意義的長短音。藉由比手畫腳與老頭的點頭搖頭，她推論出老頭有五個兒女，老婆已經去世，已經三年沒人來探望過他。老頭很容易激動，一天要跟她握手幾十次才開心，其中不包含他和阿祖握手的次數，老頭也很愛看歷史節目，但她始終還沒搞懂原因，但最特別的是老頭喜歡吃香蕉，所以她每次去安養院前都會買一盒葡萄和一串香蕉，一個給阿祖一個給老頭。

分手兩年半，阿祖無預警地安詳離世，她於是去了最後一趟安養院。老頭第一次這麼安靜，不再激動地要求握手，只是靜靜地蜷曲在沙發一角，繼續漂浮於時間之上。她留了一串香蕉，轉身要離去時，老頭才突然激動地發出混亂的尖音，她回頭，老頭比手畫腳，眼眶泛淚，她伸手替他揩去，口中喃喃安慰，休息室裡其他老人繼續盯著閃爍的電視畫面，漂浮於時間之上，誰也沒說破。

分手兩年又十個月，她又被調回台北總公司。收拾家當之際，母親多舌問她和男友近況如何，她笑著回答一切都好，也許好事將近。母親雙眼發光，喜孜孜地說自己想抱孫，要他們不要太晚規劃生育。她看了一下空蕩蕩的家，突然感念母親一路含辛茹苦獨自拉拔她長大，無奈自己不孝，讓家裡孤獨叢生，看不見也摸不著，如瓦斯瀰漫整屋。

相隔一年，台北的一切突然又讓她有些適應不良。生活像被丟進高速滾筒洗衣機，攪啊攪的，色彩質料什麼的都糊在一起，成為一大團沒有名字的集合。租屋處小的可憐，不是她沒錢租大一點的，而是為了避免有多餘的空間滋生寂寞。母親打電話來的次數越來越頻繁，她開始覺得那是一種威脅，只要鈴聲一響，她的腎上腺素就開始飆升，催促她奪門而出至海岸線狂奔三十里。

分手滿三年，她正式邁入三十大關。幾個要好的同事鬧騰地替她搞了一場生日派對，地點選在東區一家有名的日式燒烤店。當她拖著上班一天後的疲憊身軀走進燒烤店後，她才發現這根本不是姊妹之夜，而是一場小型聯誼。對方五人是隔幾個街區大樓公司的員工，被找來一起幫她慶生。簡單交談後她毫無意外地發現自己比對方五人年紀都大，所以他們都禮貌地稱呼她一聲姊。沒多久，同事已經和對方五人開心地聊起寵物、旅遊和近期電影，她靜靜地吃著一盤又一盤豬肉雞肉和牛肉。

慶生會搞到十一點半才解散，她踩著痠疼的腳底走到大街，叫一輛計程車準備返回租屋處。一個男音在她背後喊了她的名字。是剛才慶生會上的其中一個男生，她還記得他說自己剛滿二十三歲。男生羞澀地走上前來表明自己擔心她的安全，問她需不需要陪同搭捷運回家。她笑笑地揮手說自己已經叫了計程車，男生靦腆地點頭表示理解，卻也沒有離開的意思。

她和他隔著一尺面對面站著，他們此刻同時漂浮於時間之上。莫名其妙地他們就接吻了，熱熱的、濕濕的，還有點黏黏的，但是沒有舌頭在裡面。男生害羞地說這是他的初吻，可惜後面他說了什麼她完全沒聽進去。計程車來了，她瀟灑地朝他揮了揮手就跳進車內，她從他的眼神看見一種心碎的理解。

車內正播放著國語歌曲，讓平常聽慣西洋歌曲的她有些坐立難安。副歌時，司機開始忘情地跟著旋律激昂哼歌，也許是喝了一小杯啤酒的關係吧，她最後也嘴角帶笑地跟著吼了起來。

粘祐瑄

一九九六年生，現就讀於國立台北教育大學語文與創作學系三年級。曾獲一〇四教育部文藝創作獎學生類散文組佳作、第二十六屆一中女中聯合文學獎散文類及小說類第一名等。每次覺得寫不出東西的時候總會有一些人闖進腦子，逼我從床上爬起來提筆。正在學習用嘴、用眼還有用智慧。

得獎感言

書寫的時候只是揣摩孤獨，得獎時分卻正在學習擁抱孤獨。孤獨背後的意義，尚處作業中，無可奉告。

名為「孤獨萬歲」有兩義：孤獨長壽，活躍各臉譜各世代；孤獨來臨，請開懷接納。

能說故事是幸運的，在不屬於自己的世界遊蕩，還偶爾被自產的故事耍賴回擊，那感覺大概就像被自己的孩子理直駁斥，充滿欣喜。

謝謝，所有持續在生命中努力生活的人們，你們的故事都值得被看見。

謝謝我的家人，書寫是自己的道路，但一路有你們的喜悅，我的書寫得以上天下地，無所畏懼。

小說類 佳作

蕭培絜

時區

莎莎活在她自己的時區裡，她的母親常這樣說。

不光是因為她做任何事都非常慢，吃飯、說話或走路；其中一個原因也許和她二歲的時候，她母親帶她去算命有關。當兩個月漫長的排隊過去，算命名人注視莎莎胖嘟嘟的臉頰兩分鐘後，他宣布：這孩子是我看過最長壽的人。

就像一切終於有了解釋，自此之後，母親任由莎莎以自己的速度行動。母親的說法是，反正她已經要活這麼久了，急什麼呢？

莎莎喜歡吃飯和讀書，以驚人的緩慢速度。當大家的慢慢來大多是說說的時候，她還真的是這樣的遵行的。

當她說話的時候，一個字一個字的，好像一粒粒的珍珠從她口中吐出來。如果沒有注意到，也許十五分鐘之後，這個句子還沒有串完。她吃飯是用湯匙一次舀起一顆米，一顆一顆地吃的，有一次當她已經花了一個小時吃飯，終於吃了四分之一了，一排憤怒的螞蟻從她旁邊怒氣沖沖地飛奔而過。他們已經在旁邊等待了六十一分鐘了，什麼都還沒有掉下來。

但是在所有的事情中，莎莎最喜歡的就是讀書了。這是她生活中不為人知的樂趣。她喜歡在獨自一人的時候，用力氣地，一字一字的讀那些句子。那些字從她口中飛翔出來之後，像樂高的方塊那樣，飄浮在空中的氣泡裡。莎莎會長久地看著這些字，在空中把它們排過來排過去，直到那些字活過來為止。之後它們會重重跌到地上，像昆蟲那樣地四散奔逃，一邊抱怨：怎麼這麼久啊。

這時候莎莎會緩緩地發出笑聲：哈……哈……哈……哈……哈……

莎莎做這些事情的時候，都是一個人，但她從不感到寂寞。

莎莎畢業之後，到了一家建築事務所當繪圖員。這時候事情開始有一些轉變。工作的內容是繪圖，也就是把老闆交代她畫的所有東西，一一的畫出來。莎莎畫工廠，醫院，美術館，餐廳，會議中心，檯燈和安全帽。而照老闆的意思畫圖，很可惜地，並不是她的愛好之一。

就像莎莎不能決定自己要畫什麼一樣，她有時候不能控制地遭遇到案子的停頓。沒有任何理由。也許是業主的資金問題，也許是政府的執照沒有通過，或是老闆方面不希望莎莎再畫下去，總之整件事停了下來。這使得莎莎有時候坐在電腦前面，沒有東西可畫。

她開始注意到，辦公室裡的時間，好像過得比較慢。也不是說它完全地停頓了。時間不會停頓的。莎莎對這一點還有相當的信心。但是至少她發現，時間流逝得很慢，當她在畫圖的時候，每一條線花費二秒鐘左右。莎莎把指令打入電腦，拖行著滑鼠。Enter，Exit，她輸入她的命令。一條線出現在螢幕上，她看了一下手錶。

秒針很不甘願地向左邊移了兩格。

莎莎把她的小隔間重新布置。把橘色的便利貼排在綠色的便利貼上，把迴紋針用正確程序串成一串項鍊。這很花時間。她準確測量出辦公桌從左到右的絕對中心，還有從桌後緣到前端的位置，然後小心翼翼地把電腦移到這個交叉點。四分鐘又二十秒。

她把筆筒裡所有的鉛筆一一拿出來，一支支削尖，總共是十三支。她站在自動削鉛筆機旁邊，一支支把它推進去，看著它們進去時是那麼鈍又無力，出來之後卻如此銳利顯得很高傲，光是看著那尖尖的鉛筆心就足以讓眼睛刺痛。

三分鐘又十五秒過去。

莎莎花心力撰寫一封無懈可擊的email給她的一位同事，主題是有關她每個月訂的礦泉水。

因為她這個月喝得比較快、使用比較頻繁，不知道是否可再訂購二十四瓶有氣泡的 San Pellegrino 呢？

她再讀一次給她自己聽，仔細檢查拼字和間隔是否都正確。寄出。二分鐘十秒。

她嘆了一口氣。吸氣，吐出空氣，深而漫長，直到她的肚子像個空癟的塑膠袋。三又四分之一秒。

她看了一下手錶，早上十一點零七分。這代表她只在辦公室二個小時又七分鐘，二乘以六十加七等於一百二十七分鐘。還有四十三分鐘才到午餐時間，午餐時間過後從一點到六點還有五個小時。

四十三加五乘以六十等於三百四十三分鐘。

343×60＝20580。

兩萬零五百八十秒。

莎莎說完這些字，二‧八五秒過去。

在另外一方面，莎莎不能不發覺，在辦公室之外的她自己的時間，過去的速度像風一樣，時間像沙粒一樣流過她的指縫間。

莎莎在六點十二分走路回到家裡，她住得非常近。疲累而期待地，她踢掉她的鞋子，丟下皮包和外套，坐在沙發上沒有思想，像是她還不敢相信她又是自己的主人一樣。坐了片刻站起來，倒一杯水咕嚕咕嚕地喝掉。她看了手錶，發現十九分又四十秒已經過去了。

她從冰箱拿出蔬菜，慢慢切碎，在鍋裡炒軟，加入番茄醬，在同時燒了水，放入麵，等十一分鐘讓它熟，之後舀出來放進蔬菜和番茄醬裡炒。它們已經在鍋裡等得不耐煩了，盛到盤裡，再拿到桌上。已經過了四十二分鐘。莎莎一點一點地吃著它們，帶著驚人的耐性和專心。等到她吃完了，三十六分鐘已經消失了。

莎莎在夜晚洗澡。她會緩慢地脫去那些用來在白日遮蔽自己的衣服，注視自己的每個部位，用肥皂和清水洗它們。然後她會把自己浸在攝氏四十一度的水裡，她感覺自己像是一塊風乾的海帶，如今被緩緩泡漲開來，在水裡輕輕搖擺。她用一條褪色的藍色大毛巾來擦乾自己，用杏仁油滲透身體，就好像她白天虧欠了它們。當所有事情都做完之後，莎莎檢查一下手錶，十點三十二分了，她最好準備上床睡覺了。她還是可以和文字玩一會兒，但是感覺上會短得要命。莎莎帶著她未完成的願望，不情願地上床睡覺了。

因為這樣，週末的時間她盡量在家裡待著，慢慢地做事一面盯緊時間。在她的監督之下，時間表現得很正常，沒有亂來。

但是平常天裡，在辦公室的時間像烏龜一樣地緩慢拖行，在家裡的時間像兔子一樣迅速地奔跑，這就是莎莎感覺到的事。有時候她簡直懷疑起來，難道這兩個地方的時區不同嗎？或是時間的重力不同嗎？如果有這種東西的話。

莎莎的老闆要去外地出差四個禮拜。這段期間辦公室將維持原狀，大家在自己的小隔間裡各自做事。

莎莎想在上班的時候回去她的公寓看一下。她只是想檢查，白天她離開之後，她卻又在了，它會怎麼反應。

莎莎在那小方格間裡慢慢抬起頭來，稍稍四處張望。每個人都在自己的隔間裡，臉籠罩在電腦或手機的光裡。她的心臟在胸腔裡悶悶抖動，發出空洞的聲響。她安靜地拿了皮包外套，離開座位搭電梯離開大樓，沒有留下痕跡。

她來到家門口，用鑰匙打開門鎖，把門推開。沒有彩色小馬或是田螺姑娘在工作著。屋裡面空無一人很安靜，這安靜震動著她的耳膜。她放下東西，在沙發上坐著，就像她下班回家之後那樣。直到她融入這安靜。她看了錶，七分鐘。

她煮了簡單的蔬菜湯和烤了土司。每一口都確實咀嚼。安靜地洗碗，用細細的水流。

二十四分鐘，到目前為止很好。

該回去了，莎莎心想，她再度穿起外套鞋子，拿好包包，經過門口的茶几，上面覆蓋著一本詩集。

她好像想起什麼一樣，翻開一頁，念了出來：

說再見，向鄰居的綠色腳踏車和銀白色的妊娠紋

把所有的衣服鞋子手機培根櫥櫃紙張鑰匙堆在

由獨角獸駕駛的板車上

莎莎任由這些字句懸浮在那裡。她輕輕關上門。

她回到隔間裡悄悄坐下，帶著一種祕密的快樂。現在她可以忍受剩下的下午了，即使它將會感覺像一個秋天那麼長。

第二天中午莎莎又溜了出來，她甚至花時間洗了澡。第三天和第四天，和接下來的日子，她都這樣做了，沒有人發現。她看了一部一直想看的長片，她細細地擦了地板和打蠟。她回信給一個很久沒有聯絡的朋友。而下了班回家的夜晚，她又能夠讀書了。或是有時候她靜靜地坐著，只是感覺自己在那裡。在莎莎二十六歲的生命裡，她第一次偷竊，而偷的是時間，她不能不感覺到，這本來就是屬於她的。莎莎感覺到生活的愉快，而通往這愉快的鑰匙在她手中。她覺得像個國王。

只有一件事。睡眠的夜晚，似乎慢了下來。莎莎開始在奇怪的時間醒來。前天晚上，她醒來，發現是三點二十四分。她才睡了四小時十二分鐘，但她感覺超過了八個小時。

今天晚上莎莎睡了又睡，注意不去檢查時鐘。床單在身下散發出蒸氣，她確信天已經快亮了，又等了許久，房間裡還是暗的像地洞。她終於打開檯燈坐起來，時針指著二，秒針指著二十七，也就是說上床睡覺之後，才過了二個小時二十六分而已。

莎莎不禁說出聲來，一定有哪裡出了問題。她注意當這個句子說完，也不過花了二秒鐘。也許白天不應該再從辦公室跑出來，不，她幾乎不能忍受這個想法，她還沒有辦法將那個拋棄。

那麼等老闆出差回來了之後，絕對都待在辦公室裡了。莎莎決定，那並沒有很久，只剩下六天而已。

所以莎莎暫時維持著她新建立的生活方式，在午餐時間跑回家，在那裡度過大部分的下午，在六點前溜回辦公室，在那裡待到下班的時間再回家。

到目前為止，下午和睡前的時間都很棒，而那些本該用在睡眠的夜晚逐漸變得很難消磨。在上床睡覺之後，莎莎發現她已經開始等待著天亮，而那感覺幾乎很像之前在辦公室的那些下午。她會坐在床上啜飲著一杯茶，一面把在看的書讀出聲來。

在老闆預計要回到辦公室的那天，莎莎一整天都在辦公室裡，她幾乎有些期待了，出於對那些漫長的夜晚的擔憂。結果那天老闆並沒有回來，也許是行程上的耽擱。那天下午的時間就像一個沉重的車輪，用最緩慢的速度碾過莎莎的身上。

第二天莎莎也沒有出去，第三天也是，但是老闆並沒有回來。在第四天的中午，莎莎跑出了大樓，她一路跑回她的公寓。

而她現在就在這裡，在這房子裡。莎莎因為剛剛的奔跑而喘著氣。她坐在沙發上讓自己平靜下來，過了半天她倒了一杯水把它喝完，脫下鞋子。她習慣性地看了錶，赫然發現和離開辦公室的時間是一樣的。也許是手錶壞了，莎莎想。她到臥房去看了床旁邊的時鐘，發現時間也是一樣的。

就在這時候莎莎才發現她早就被困在時間裡，老闆不會再回來了，或那再也不重要了，至少對現在的她來說。而再也沒有「現在的她」，或「未來的她」了，對莎莎來說，現在就是這時候，也就是未來，她不能前進。她卡住了。

莎莎活在她自己的時區裡，她喃喃地重複母親的話。她看著這些字句漂浮在空中的氣泡裡，它們僵硬著不動，彷彿被冰凍在時間裡。

蕭培絜

一九八〇年生，台北人。畢業於中山女高，芝加哥藝術學院，紐約普瑞特建築研究所。喜愛閱讀，現居香港。

得獎感言

在懷孕末期參加文學營，在月子中心得到獲獎消息，中間經歷此生以來最大的輸出。謝謝肯定。

■小說類作品

決審老師評語

樓上是大江：〈子宮的樓上〉

童偉格

直接反轉大江健三郎早期小說〈十七歲〉裡的字句，〈子宮的樓上〉開啟一個夢魅般的啟蒙敘事，或者，一個少女版的「性的人間」。在血與肉嘎吱互絞，羊水與精液相處融洽的快感修辭底，作者安藏一位不無詩意的主體「我」，而藉「我」的表述，將許多後製成「我」的時空碎片，織寫為姊姊「妳」（或許是「我」以想像和實感，去「亂七八糟」扮裝、或再「生回來」──這個意象，及對「共同生活」的描摹，明確亦是大江晚期作品的典故延異──的代體）獨自的，既莊嚴又滑稽的逃生路徑。這或許，正是〈子宮的樓上〉篇章命名的深意，及其視域不免會受啟蒙敘事模組規訓的原因：將「女孩經常被告知」的，重塑為女孩對世界的告知；從最古老的過往，到最近切的親者，一切條理與意義，如今，皆可由「我」，在一個觀測定點重新編排，而所有這些輯成，內向指涉了「我」在話語世界中，自我主體化的完成。簡單說：「我」複寫「我」自己，終爾將「子宮」，這生理與啟蒙模組中的過渡場域，自我重置為詩學意義上的「我」之起源。自「我」作祖，如小說所言，「媽媽生出我的時候，我的子宮也跟著拉出一串的人」。〈子宮的樓上〉企圖實踐的這次複寫，及其所動支的書寫技藝，在本屆作品中無疑是最特出的，因此獲選為首獎。

〈炒飯〉

陳雪

作者藉由一盤炒飯，透過一個安管的眼光將閉店後的百貨公司生態展現出來，在百貨公司金碧輝煌的外觀與展示各種精品物件的樓層裡，售貨員、電梯小姐、美食街廚師、保全人員、安管人員，是使大樓運作起來的「零件」，也是暗藏在血管裡的脈動。作者透過細膩的描寫、動態地展現夜間百貨公司的「地下生活」，從上而下的巡視，視角的傳遞、從這個人與那個人間的互動、對話，將大樓之前發生過的一件意外作為「紀念日炒飯」的由來，寫出食與生，最華麗與最庶民的，人生種種，作者寫來歷歷在目、自然、溫暖、動人。

〈孤獨萬歲〉

陳雪

書寫一名女子從上大學後渴望戀愛，到進入戀愛，與失去愛情之後，一個月、六個月、一年半，每段時間的心境變化、生活轉折，逐年簡記，直到她自己到安養院陪伴阿祖，見識另一種孤獨「如瓦斯瀰漫」。分手兩年，三年，時間與失戀的痛苦，「以柔克剛，滴水穿石」，主角在一次看似慶生卻是聯誼的活動之後，與一名年輕男子親吻，並瀟灑離去。忘情之水沒有將心滴壞，或許成了堅強的一種。簡短篇幅，卻也有滴水穿石的動人力量。

時感相對論：〈時區〉

童偉格

相似於袁哲生的〈時計鬼〉，〈時區〉簡潔描述的，主要是小說主人翁的時感差異：那帶有目的性的、負有義務的工作／上課時間，在「她」的感知中，總過得如此緩慢，形同徒勞或拖磨；而那並無目的性的、可自由支使的休息／下課時間，卻過得飛快，一溜煙就用盡了。兩者並列相較，對「她」而言，形同兩個「時區」（我猜想，這明喻猶可商榷，因準確些說來，這其實不是「時區」之別，而毋寧是時速差異，如兩種行星不同的時間邏輯）。意識到兩者之別，卻必得反覆穿梭其中，使「她」漸漸受「時差」所擾而時感錯亂，從失眠，終至時間全盤崩毀：「她卡住了」，深陷時隙中無法前進。〈時區〉企圖以此僵局去比喻的，或許是負有義務的「成年時間」，對「她」生來領有的、可自行其是的「童年時間」的侵奪，這大概是為什麼，小說以前七段鋪陳那樣一段「從不感到寂寞」的本真時光，而換行之後，猝不及防，我們已看見成年的「她」。當本真時光對成年後的「她」而言，碎散成孤島，甚至使「她」在重享這「祕密的快樂」時，不能不帶著罪惡感，其中悲傷，或寂寞況味，對我們而言，也是簡潔可感的。如此，在本屆不少類似命題的作品中，〈時區〉以其寓言式的明快結構切割，展現了事關此相對論的，較好的完整性。

散文類

首獎

枷的鑰匙

方郁甄

十八歲的初始，我獲得了自己家門的鑰匙。用遙控器操控的黑鐵大門、罩在房子前門外阻擋颱風暴雨的玻璃門、舊銅色雕花裝飾的前門……三把鑰匙用銀亮的鐵製圓環串在一塊，拿在手上沉甸甸像一份許諾，這是自由的重量。

鑰匙被裝在牛皮紙製的信封裡，不規則的形狀把信封撐得鼓鼓的；鑰匙來自一個容貌已在我腦中剝蝕得模糊，名字卻從未真正從我的生活中消失的女人，一個作為我母親孩子的我，應該要恨的女人。

但除了那個夏日午後之外，我再也沒見過她，也從沒真正能夠去恨她。餘留在我手中，微弱地證明我與她的那次見面並非幻象，且讓我不斷回頭檢視與思考關於「家」的記憶及意義的，只有那串鑰匙，家的鑰匙。

●

自有記憶以來，我便是一頭欄牧動物。

即便居住在擁有大片能夠奔跑的田地且車輛稀少的鄉村，我依舊沒能擁有一個能夠快樂奔跑的童年。在我四歲，母親尚未為逃離婆媳關係與追求經濟獨立進入職場以前，她總睜著杏形的雙眼，露出被惶恐填滿的整枚瞳仁，以一種嚇阻的語氣告訴我：「外面有壞人在路上走，壞人會強姦你。」母親說：一旦被強姦，人的一生就毀了。

四歲的我不明白，為什麼母親口中的壞人沒有別的事可以做，只會在路上遊蕩和找小孩強姦。稍長後再想起母親的話語時，總會想：這樣的壞人大概是個又寂寞又空虛又無處可去的人吧，然而我卻從來沒有向母親提起我的想法，因為她說著那句話的表情是那樣恐怖，彷彿她真的深信著路上充滿了壞人。四歲以後，母親將我託給阿麵，六十五歲的阿麵看著她兒子的女兒，像看著一隻不屬於地球的物種，她對我說：「不准跑出去。」不准出去。就僅僅是這樣單純的命令，沉默而脾氣暴烈的阿麵從不做對她而言多餘的解釋。

阿麵的房子有兩道門：屋子的前門和倉庫的藍漆鐵門。屋子和倉庫是相連的；屋子前門的鎖是傳統的紗門鉤鎖，紗門裡面有一道從內旋轉鎖上的玻璃門，兩個門都無法從外面打開或鎖上，而鐵門平時是鎖的，唯一的鑰匙在阿麵手上，她在要巡田時，會將屋子的前門鎖上，從鐵門離開，並且從外鎖起鐵門。這意味著只有阿麵能夠任意進出這棟房子，阿麵就是這棟房子的鑰匙。

然而和阿麵相處久了，我便逐漸了解到，她自己就是個「不出去」的人。除了每週固定的買菜和巡田時間以外，她像是離不開屋子的地縛靈，或在屋內發呆，或做些維持生活運作的瑣事，但從未為了買菜、下田或看醫生以外的原因走出房子的範圍。

「汝耐ㄟ攏毋去尬附近ㄟ老人抬槓？」在一個房子中的一切如往常凝滯沉靜得令人焦躁的正午裡，我問了坐在前門旁的陰影中的阿麵。

「著無法度去啊。」她回答。是不能夠，而不是不想。

她的女兒阿秋說，自她的丈夫應雄死去之後，阿麵便不再出門和其他人交談。

和阿麵一起生活的我，像是困在黑暗獸檻中的雛獸，在最需要奔跑的年紀裡獨坐在陰濕的老厝中，時時望著自己的蒼白的四肢，彷彿害怕著它們將有萎縮消失的一日。於是我只得追求另一種奔跑的方式：執起了書本，透過閱讀進行精神上的奔馳，並且比誰都早得到一副掛在鼻梁上的眼鏡，以及讀寫的能力。

八歲時，因為國民義務教育，我獲得了每日合法走出家門的權力。上學的第一日，穿上白衣黑吊帶裙的制服，我走出家門，自己徒步上學。剛往院子外踏出第一步時，雙腿卻不聽使喚地顫抖著，像剛出生的鹿。腳踏在馬路上的感覺如此地普通，卻又帶著一種獲得部分自由的興奮感；這是我首次獨自出門，不安與興奮同時在我心中翻攪著。

工作繁忙的父母親大多時候是無暇伴我上下學的，於是住家到學校間的徒步路程，便成為了我能夠探索屋子與書本以外的世界的短暫時光；家到學校的路上會經過紅磚砌的老屋、無人居住陰森而充滿傳說的透天厝、廟與廟的廣場，白天上學時，路上有狗，但卻沒有母親所描述的，可能在路上遊蕩、蟄伏著準備強姦小孩的猥褻臉壞人；黃昏放學時，從校門走出的小孩一哄而散，或奔跑著、或騎著腳踏車，一起去遊玩。

只有我直直地走，往家的方向。

我沒有朋友、沒有機會學會騎腳踏車。

有天，在課堂中，老師問起了班上的同學有誰會騎腳踏車。老師的問句一投出，手便從四面八方舉了起來。我被手包圍了。只有我的手緊抓著褲管，手背壓著木桌抽屜的下緣。老師問：你們都什麼時候學會的？幼稚園中班、幼稚園大班、一年級的時候。三年級才學會的小孩被四周的同儕恥笑著，老師注意到我縮在桌子下的手，說：十號你不會騎腳踏車嗎？我看著老師眉間的紋路，擠出了一聲微弱的「對」。他提高聲調驚呼，天啊你都幾歲了怎麼還不會騎？教室裡的同學們哄堂大笑，我的視線頓時模糊、失焦，我看到自己縮小縮小縮小，蜷縮成一隻有著髒褐毛色與犄角的野獸，抱著頭，蜷曲著塞在那棟幽暗潮濕的房子裡，房子沒有門。

當天晚上，我對母親提起上下學路上的情況。當我表現出對同學結伴在課後到處遛達的豔羨時，她頭也不抬地將臉埋在時尚雜誌裡，說：那是因為你幸運。

那是因為你幸運。她說完這句話後，嘴角輕輕抿了抿，像是要掩飾某種緊張的神情。要到了很久以後的後來，我才會明白母親的被害妄想是如何被孵育得如此地龐大，龐大到連她後半生都陷進去，並且一併將她的孩子籠罩進去，以「保護」之名。

這樣神經質的母親，極度渴望著擁有一棟自己的房子。對她而言，阿麵的房子是牢，是一座將她強綁在「媳婦」的位置上，粉碎她對愛情與婚姻所有美好想像的監獄；而那棟她想望的房子，能夠成為一個包裹、容納她的，乾爽舒適且明亮的空間，連她的創傷都能夠接納，讓她能夠重新開始、重新過生活。而因工作而時常晚歸的丈夫也能夠不必再害怕將婆婆吵醒了，或許他會因此減少寄宿公司的時間。

在反覆說了五六年的「要蓋自己的房子」後，父親終於在死去的阿公的田產上，蓋起了自己的房子。

房子一邊蓋著，我一邊走入了肉身開始狂暴發育的歲月，我的身量隨著房子的堆砌進度抽高，第二性徵也開始發育；將原先穿在制服白襯衫裡的削肩棉背心換成胸罩之後，班上的男生開始冷不防地拍我的背部，大叫著：「奶子！爛奶子！」、「破麻才會穿花奶罩！」、「長奶子了喔！小心被人幹！」……我掩著耳朵躲進廁所，恨不得立即抽出防身的美工刀，將那兩坨初生的脂肪割掉。

我告訴母親，我不要穿有圖樣的內衣。她說，這樣子才可愛呀，可愛的內衣是女孩子的福利耶。

「但變成女孩子會被強姦啊，媽媽。這不是你說的嗎？」我在心裡如此想著，卻沒辦法脫口回答。

●

隨著乳房發育，我注意到父親注視我的眼神逐漸改變。目光彷彿在閃躲著什麼似地往下，不再像童年對我說話時，看著我的雙眼。在幾個半夢半醒的夜裡，我聽見房門喀地一聲，鎖著的門被開了起來。連自己房間的鑰匙，一直以來都不是在我手上的。

門被輕開了一道縫，橙黃的燈光滲透了進來。穿著制服的父露出半張臉，半張掩在門外。

一個熬夜閱讀的週五深夜，我在十二點零五分為了喝水而走下樓，玄關傳來開門的聲音。我提起整個鐵製茶壺，想走回樓上繼續閱讀，卻在樓梯口撞見父親。他兩眼混濁發黃，看起來像頭疲累的獸，用眼神打量穿著短袖T恤的我，慢騰騰地說：啊，好久不見呀，已經長這麼高了啊。我對他點了頭示意，但他的目光仍在移動，停留在我的鎖骨下方。

「嗯，你也開始長胸部了呢。」他說。那兩個字灌入我的耳膜，刺痛我的神經，他抿了抿因抽菸與嚼食檳榔而變成豬肝色的嘴唇，說出那句話的咬字聽起來試圖裝作若無其事，卻因此充滿了笨拙的刻意感，而他的瞳仁緊咬著我身上那兩坨名為乳房的肉塊。

這才注意到，原來之前與他說話的過程中，他的眼睛往下掃視著的目標，皆是我胸前那兩塊累贅的脂肪，彷彿胸前的突起才是我靈魂向外觀看的窗口，只因他如此渴勤地望著它們。

我開始一邊努力地長高，一邊藏匿自己身為女性的事實。削極短的頭髮、使用錯誤的方法穿著內衣，讓胸型不那麼明顯，並且不再穿上母親買的那些少女服飾。我不知道父親的眼神是否和我解讀的意思相同，如果那是一種關於性的慾望，那麼慾望著自己所生的孩子的肉體的父，想著的是什麼？

過去母親口裡不斷叨念的那個字眼重重地壓在我的心底：倘若那件事發生、倘若那件事不是發生在我與另一個沒有血緣的陌生人之間……

●

在我小學畢業時，房子蓋好了。房子的外牆是灰色洗石子，坪數極大，像是對於過去居住在狹窄屋子中的補償。以為搬家後，便能夠擁有「家」的鑰匙，幾次向父母提起都被唬嚨帶過。我依舊是那隻無法自由移動，連離家散步都不能的家畜。

對於擁有自己的家，母親感到無比喜悅，然而，她的丈夫並未如她所願較常回到這棟屬於自己的、名為家的建築物。女人每天在主臥室的雙人床上等著男人回來；但男人沒有在她醒著的時候回來過。後來他甚至不再回來。

升上高一後的某一日，母親說，你爸在外面有女人了。

嗯。我回答。

母親的怨恨與憤怒便像黑色的濃稠汙水般流瀉而出，但我看到了，包覆在這些深處的，是一個四十歲的少女的脆弱與悲哀。她說：我只剩下孩子了。而我是她的孩子，不符合她的幻想家庭圖景的畸形孩子，即便如此，她依舊緊擁著我，像是落水的人抓緊一塊漂流木。

她像是一個黑洞，而那棟房子也被她住成一個黑洞，深不見底。我感覺自己正在被她的憤怒、哀愴、自卑與占有欲一點一點地吸進去，最終，我的臉融成一團混沌……我不願自己這樣消失不見，但我仍舊無法脫離這棟房子、這個家，因為我仍是一頭欄牧動物、是一隻在缺乏光照的環境中被眷養得翅膀骨骼發育不全，既不能飛翔、也從未真正見過籠外的鳥，即便猛獸已在夢境裡無數次襲擊，而顯得無比清晰。

●

見到母親口中的那個女人，高中已邁入了後半場。

母親為了升職而繁忙，不再能準時接送就讀她工作的工業區中的實驗高中的我下課。父親基於某種補償心理，誓言抽空接我回家。由他接送的第一天，我開啟後座的車門，正要坐進去時，他出聲喝止了我。

「你已經不是小孩子了，不要坐後座，給人載要坐前座才有禮貌。」他的頭探出駕駛座的窗，努力地瞪視著我的眼睛，但目光仍壓抑不住地往下飄去。

往下飄、上抬、往下飄。

突然我同情起了眼前那個男人，提供我一半基因的男人。為了賺取支付房貸的金錢而工作，卻又因為生活的空虛而流連酒場，從不回到那棟他蓋起的房子的男人。貪戀著性，卻對愛失能，不夫不父，甚至在他妻口中被描述為早洩的男人。

我想告訴他：我已經不是小孩子了，但也不會變成女人。但我終究沒有說出來。

後來他開始為我買便當，為了避免尷尬的沉默。那是個非常油膩的便當，讓慣食清淡的我難以下嚥。但他卻總急切地問著：「很好吃，對吧？」為了不讓他失望，我總是輕輕地回答了一聲「嗯」後，埋頭專注地吃著便當。

一日，他因開會時間延遲而無法來載我，他在電話裡說：我請我一個熟人來載你。

停在我面前的，是一輛芥末黃的金龜車。窗戶搖下，是一個染了褐色短髮的女人，皮膚白皙，大約四十歲上下。她對我招了招手，於是我走近她的車。

她問：你是〇〇的女兒嗎？她叫著我父的名字，不帶姓氏的。我從搖下的窗戶看見她手上的手機，桌布是父與她臉貼臉的自拍合照。男人的那種表情是只出現在我七歲前、底片相機拍下的家族出遊照裡的。而今那種表情出現在初老的他和陌生女人的合照上，我感到一種不協調的怪異感。

看著那張照片，我卻無法對眼前的女人做出任何尖銳的提問或質疑，最終就只是開起她車子的門，漠然地坐進去。望著她的背，心中流轉所有五味雜陳的怪異情感與情緒，在出口後只成了一句問候，以最友善得體的語氣。

女人說她曾有個施暴的丈夫，像每個夫打妻的故事一樣，女人離了婚，獨自開便當店扶養孩子。女人有個叛逆的女兒，與我同歲，讀高職餐飲科。我每週吃到的油膩便當，就是她店裡做的。她說，父總是到她的店裡買便當。

「為什麼你會選擇他。」我問。

「緣分和感情是很複雜的。」她說。

「愛上了，我也沒有辦法脫離他了。」後照鏡上，女人的眼睛裡有光閃爍著。她是個在對鋪天蓋地而來的生活壓力做奮力一搏的人。我父倒映在她的瞳眸中時，究竟是什麼樣子呢？

在返家的路上，她陸續對我傾訴對於業務工作繁重的我父的健康擔慮，以及感嘆她的孩子不上進。

「我可以教你的小孩功課。」我說。

「真的呀？太好了。」她瞇著眼笑了，看起來像是真正的開心。

當車駛到靠近家的那條河堤時，我突然驚覺到，自己無法打開自己家的門；因為我沒有家門的鑰匙。於是我告訴女人，拜託她轉向將我載到阿麵家。她問：為什麼不回家。「因為我沒有家門的鑰匙。」當我這麼說時，她呵呵地笑了。

「這好辦呀，我偷你爸的來打一把給你就好了。」坐在後座的我，看不見說這句話時她的表情。

●

收到鑰匙的時候是夏末，我已走入完全刑事責任能力人的年齡。即便年齡抵達一個在社會定義中、必須擁有自主處理問題之能力的標準，我依舊有許多技能尚未學會、許多事沒能明白。譬如搭公車、譬如正確地安慰一個人。

譬如愛與被愛。

但我學會了騎腳踏車和以理論分析婚姻家庭的方式。

在沒有想像中寬廣的大學校園裡，我能夠放單手騎，另一隻手撐著傘或提著垃圾，但卻從來學不會放開另一隻手，似乎正如同我從沒能夠真正自「家」中離開。

最近一次回到那棟以家為名的建築，我從口袋掏出女人贈予的鑰匙開門，卻注意到鑰匙已經插不進門鎖。母親開了門，說，大門的鎖換了。母親叫我偕同她去買菜，買菜途中經過了鎖店，她二話不說為我打了一副大門的鑰匙。

帶著黃昏市場買的菜，我們順道開著車回家看阿麵。自肉身病痛與憂鬱症中緩慢自癒復原的阿麵，已經不是我四歲時看見的那麼高大，而就連站在她身旁的母親看起來都如此嬌小。她倆彼此寒暄，交換彼此生活的現狀，刻意閃躲關於那個作為她兒她夫的男人的話題。我把玩著手上的兩把鑰匙，一把來自一個不顧一切代價後果追求自己幸福的女人，另一把來自一個終身被創傷經驗與婚姻綁縛，但逐漸開始學會掙扎的女人。

我這才注意到，這些年來，被枷鎖住的，從來都不只是我一個人而已。而鑰匙的作用也不僅僅是用在打開，也用在鎖起來。

方郁甄

一九九五年生，agender、隔代教養、孤僻拗倔、台南縣人、愛哭鬼，就讀中央英文系。喜歡蝴蝶seba、張亦絢、包冠涵、Jamaica Kincaid、Lê ThịDiễm Thúy的小說。時常想斬斷自己的手掌誓不再寫，但大吼大叫後往往又撿起折成兩半的筆顫顫寫下去。

得獎感言

謝謝林太太，你不幸的愛情導致我的誕生，你有時候會恨我，一如我恨你，但那些複雜的情感情緒終究能以愛之名被包覆。謝謝阿麵，你把我養大，且永遠願意與我站在同一面。謝謝Fifi，你的寬容、激勵和各種迂迴的點醒，都成為我行走下去的動力。謝謝Jo，你讓我有了能力去述說，當你的學生真好。謝謝S，謝謝你和我對話，即便我們都是彆扭的人。謝謝艾德，幸好我們認識。

家庭書寫如同一記對家族的sucker punch，訴說家庭暗面同時亦處裡自身問題。〈枷的鑰匙〉始終不是一篇足夠純熟的散文，想說的事、想藉由書寫同時處理的問題太多，書寫架構鬆散，但對我而言，刪減太過困難。這是我的吶喊，為了找到一個更穩固的開始行走的姿態。謝謝所有願意接納這個破碎的敘事的人。

散文類

佳作

黃宣仁

回宿

回到宿舍看到宅急便的帳篷，我愣了。一股悵然。

黑夜裡的帳篷好像沉睡著。

每天日子過著、過著日子，儘管一天內無數次瞥眼間，總有幾次機會得知日期、星期幾，可正因太頻繁了，就像下意識折著手關節那樣無意義的舉動，大概不出十分鐘、那數字便被意識之流沖散了。就算記住了，也是玩記憶遊戲般，複誦他人剛說完的電話號碼，抄寫下來後那些數字已與大腦無關。對它們背後的意義，早已失去解讀的敏銳，生活每天都在過，那些在日常的重疊下曖昧模糊的，早已經驚嚇不了我們，我們練就一身自欺欺人、視而不見的自我保護功夫。儘管嘴上還是說著「日子過好快呀」，真正感到驚奇的卻是自己的麻木。

可是，當那些一年就出現那麼一次，僅存活在特定時節的事物到來，時間的軌跡就一下被曝了光，鋪在眼前閃得刺眼，令我們震懾，我們的一年就此拍板定案的事實（雖這其實在每個我們恍惚、睡眠、走路、排便的瞬間早已經成立了）。

確實一年了。

三百六十五天。

又老了一歲了。

此刻面對帳篷，因被時間背叛而呆滯，我杵著看一年來的時時刻刻全數凝聚成灰，就在那個帳篷上空，咻咻咻飛進我的編年史裡面。

真是太哀傷了。我二十歲的葬禮。

我為它弔唁了一會，才再度邁開步伐。六階樓梯，五步，宿舍大門。門前墊子上睡了兩隻校狗，守門員大白和花花。其實本來應該是三劍客的，我想到。小胖黑在前個月突然發了病，消失了。室友還買了牠的明信片，貼在桌前。

我踮腳在那兩寶中間，企圖穿越，卻踉蹌了一下，整個人的重量經右手往門卡機上壓。

嗶——劃破了整個子夜的蛙鳴鳥叫。

而踏進宿舍，「碰」的，耳邊突地僅剩震耳欲聾的寧靜。儘管是窸窣的與情人通電話的絮語，都比全然的寂靜來得好。太過寂靜了，就讓人不安。

果真它毫不留情地，提起了我在這個二十歲居住的空間，所埋藏的所有灰暗心緒。論及時間無聲的流逝，頂多感傷，我還能為之上香。但當要探頭看這段時日裡腐爛空洞的本質，「二十歲是怎麼樣過的」，那些在潛意識睡眠的悲傷、憤怒、憂鬱、虛無，便氾濫而出。

有一段時間都是那樣過的。

日子們自轉公轉、在各式重複軌道上標準化地生成，一個個只有編號、沒有臉，有臉的話大概也是一張死臉，黑眼圈，幾顆痘痘沿著頰邊長，洗過幾百次也沒曾容光煥發的顏色。日子們堆砌、兜圈，卻怎麼樣也繞不出去……逐漸我感到分分秒秒都割斷了，記憶吹亂了，世界整個崩塌了。剩下一次次無意義的迴圈，我卻只能一次又一次地走，沒有選擇。

從那時起我開始討厭日光燈，非常地討厭。

看到在日光燈下的椅子，就覺得它這一生一定很悲慘。

看到超市發亮的冰箱裝著滿滿的紅酒白酒，腦裡歇斯底里響起「打碎它！打碎它！打碎！打碎！打碎！」

想到室友開三盞燈（房燈、自己帶的檯燈、房間本身就有的檯燈），就不回宿舍。

在家裡也不斷強迫家人享受自然光，嚴重時期曾為此事哭鬧。

就這樣，在冬日偏灰的自然光色調裡，我的世界開始沒有刻度，總是遲他人二十分鐘才踏出房，有時甚至不踏出房了。摔出了時序，也摔斷了和世界的連結。就算去上課，也往往徹底神遊，一心煩惱等會的晚餐吃什麼，或自我遁入各式奇想與過往魔咒。有次去上了文法課，上的內容是單字音節，無聊至極。但在一瞬間，荒謬地，腦中衝起一個美的不可方物的景象，我倒抽一口氣。

像是有時繞了一個街角，突然落在佳樂水那個長長的斜坡，抱滿整個胸懷、掉到腿上的白被子，昏昏沉沉，模糊刺眼的夏日漩渦。

是因為 río 那個單字嗎？River，我私密的艾達荷，河，金色的河，發光的麥田，穿梭在麥子裡被淹沒的童年。

還是上單字音節讓人想起了大一呢？已經歷的所有，都還是未來到的未來，懵懂，無知，前方的路就好似都鋪上了光。曾經那樣的日子，少年……

回憶太過深刻，沉睡在各個感官，啃食著我的當下。我甚至記得了回憶在哪些時刻如此突擊我，對於慘灰現實的認知卻越發薄弱。我自嘲。我知道自己在逃避，但我實在不知還能怎麼做。

如今要搬出這宿舍了，承載著一年的悲哀的悲哀地方，眼前的電梯卻還喊著「歡迎光臨，Welcome」，這曾在某夜裡嚇壞我的語音，卻在這個夜，呆板的莫名溫暖。

不知怎的在這一刻，我想起在一年來的低潮日常下，這裡同時也鋪著一層我一般的、平凡的日常。大概是這樣，因此並不特別厭惡這裡。我想起奔逃到頂樓爆哭的難堪，也想起我在房間彈琴寫句、與室友打屁的時光。

放廣點看，人生充滿各式的迴圈，有好亦有壞，無止境，莫比烏斯環。

有天學校裡辦了個野台音樂節，一起去的朋友跑到一旁聊天。我一個人拿著綠瓶台啤灌。那時有群人在野台的右前方。他們兩三個人聊天，一兩個人跟隨音樂打著拍，而其中有一個人，他旋轉。在這個旋律的夜晚，那麼的好看，就像我曾想像的那樣。自由、優柔、絕望，或就是虛空地，旋轉、旋轉、旋轉。恍惚間我撞進他環繞出的鏡像，眼前的世界開始變形、旋轉、糊化。他讓我醉了。

我那時候想，就是如此，再繼續轉。

在迴圈裡，奮力地、不知好歹地、就這樣無所謂地旋轉。

然後，就扯平了。

黃宣仁

年二十一。人生停在30%有點久。想用文字做事，希望想跳舞的時候能跳舞，想唱歌的時候能唱歌，想睡覺的時候能睡覺，想鬼叫的時候能鬼叫。

得獎感言

我沒寫長文的經驗，平時有感就隨手寫下。這是我第一次嘗試，其實只是把大家七拼八湊，再笨拙地建立聯繫（營期第一天子夜在宿舍裡兵荒馬亂地抱佛腳），整篇文章東缺西翹，真的不太知道自己在幹嘛，很幸運能得到肯定，讓漲溢多時的能稍加釋放，謝謝老師。

散文類

佳作

陳郁

鼾聲

出發前夕，揉著剛才被緊抱的手，我低頭凝視她熟睡的臉龐，發出的鼾聲宛如偏了頻率的電台廣播，混雜且黏密，偶有準確，偶有如機器過度使用時噴出的熱氣，混著悶熱的噪音使人不適地抗拒。

曾經，我也害怕母親過於寂靜的沉睡。她身體不佳，每每生病便是十天半月也好不了，為此我倆時常以醫院為家。當時年紀很小，在醫院的夜裡，為了要探測她的呼吸，我想了個自以為聰明，現在看來卻也天真的法子——拿了隻玩偶擺在她生育後就未消復的肚子上。注視著玩偶隨她的呼吸，像隨著波浪起伏般升高又降低、降低又升高，這才能使我安心。忘記過了多久，某次她發現後，才眼眶泛紅地說著我傻，極為用力地擁著我，嘴裡依然不停喊著傻孩子、傻孩子。那時候的我也不當什麼，心裡還對她說我傻有些不服氣，但只要有母親在身旁就好。

或許是單親、更又是同房的關係，她對我無微不至的照料，卻也像是裝有強力吸盤那般，將我和她緊緊貼牢。每晚睡前都會跟我說話，略長繭的手指平穩地拍著我的背，最後以親吻及擁抱收尾，成了每天都要進行的一種儀式。這樣的愛，使得她對我的依賴更深，更無法接受得逐漸放開手、鬆開我的世界。

年齡漸長，我也不自覺地產生一些抵抗。抗拒著突如其來的親吻、抗拒被擁著入眠、抗拒著她隨著年歲增長越來越震耳的鼾聲。便開始有些小動作，轉過頭、側著身或是有意無意地輕推她的身體，欲將那個墜入夢鄉的母親給拉出，使其體會過我無法安穩入眠的痛苦！但被我推醒的她始終沒吭一聲，幾次後，知道了原因還跟我道了歉，讓我良心有點不安，更或者說是萌生愧疚。

某天她突然說出這樣的話：「以後租了更大的房子，我們就分開睡吧！這樣對你我的睡眠都好。」她表情認真，語氣卻像跟鄰居點頭問候似輕輕淡淡的。

我被嚇到了，那驚嚇是出於擔心，擔心這句話的背後是否藏有更大、正默默醞釀的憤怒情緒。但這之後並沒有我所想像的後續，生活依舊平凡平靜，在未搬離目前租賃住的房子前也不能考驗這句話的可信度。我在心底卻暗自希望她是開始願意慢慢試著鬆手。

過了幾個月後，我找她商量一件事情。

「我想參加個營隊，得外宿幾日。」我淡淡地說著，內心卻翻騰不已，深怕她一個皺眉，我就無法出門參與活動。

而令我感到吃驚的是，她毫無反對的，反倒是問我身上的錢夠不夠用。

以往在我收拾行李時都會在一旁吱吱喳喳提供意見，這次她也沉默了許多，儘管她最後仍舊不放心地要我檢查物品，也叮嚀了幾句。我想她正漸漸接受「女兒長大」的這個事實，睡前還自嘲地說我可別思念起她的鼾聲而失眠，我笑臉應道：是妳才會。結束這段對話，她習慣性地擁著我睡去，我卻感到那擁抱特別緊，像拿了條繩子將我牢牢捆住似的，一如多年前在醫院時，她含淚說我傻的夜晚。

直到今天才明白，她就是台播放四十多年的收音機，頻率已經不如年輕時設定精準、毫無雜訊，卻仍用略帶沙啞的嗓音告訴我不必擔心，她不會離去。

陳郁

一九九六年生，目前就讀於文化大學中文系文藝組三年級。享受獨自參加活動，無論電影、展覽或各式演出，因為能遠離平日庸俗的軌跡，並相信這些曾經的感動在未來必能有所回應。

得獎感言

這是我第一次參加文學營，還記得那天上完課後，劉克襄老師在導師時間的互動讓我有所感觸，想記錄自己當下豐溢的情緒，便在輔大宿舍裡用手機一字一句地打下這篇文章，很意外也很榮幸能獲獎。

我想謝謝文藝組給予的養分，讓我更親近文學，領略其中的美好。

謝謝我的家人，總支持著我去做我想完成的事，更是我滿滿的題材來源。

還有謝謝媽咪，教我該豢養自己成為更好的人，而我也以這為目標持續努力著。

最重要的是感謝評審的肯定，以及所有教導過我的師長們。

願大家都能珍惜身邊的每個人。

散文類

佳作

邱羽瑄

星夜

我們以前常仰望蒼天，思索人類在星空中的未來，現在我們只會低頭，憂心自己在塵世間的處境。——Christopher Nolan

有多少人已經忘了，以前那個最單純的自己，最純粹的環境。

小時候，住在台北縣的郊區，一抬頭，還可以看到成堆的星星在天上發光。那時年紀小，什麼都看不懂，覺得每顆星星都長得一模一樣，但總是可以凝視好久好久，直到脖子發痠。長大了，知道了每顆星子背後，都有著感人的故事，可是都已經看不到了。

從板橋搬到內湖，再從內湖搬到新莊，每個地區都有自己的心跳脈動與呼息頻率，只有生活在其中，才能細細感受。生活，是個極為輕描淡寫的詞，卻承載著許多人的將就與無奈，也許還有更多更多，是渴望。

身在新莊，有一種過於喧囂的孤獨。

房間的窗戶正對著川流不息的中港路，街上的車熙熙攘攘，有著重型機車呼嘯而過的破風聲響，有著小轎車排放出來的濃濃廢棄，有著公車到站的車門開啟聲。悶熱的夏季午後，我開著窗，迎接這些城市的色彩。

從窗望出去即是小學，放假的時候總可以被鐘聲喚醒，就好像回到了小時候，矮矮的課桌椅、長長的制服裙、渴盼的下課時光，隨鐘聲吹進我的夢中，喚醒了一場現實落空。

捷運站旁邊有一條老街，是日治時代的建築，街頭街尾各有著一間廟。晚上這裡是夜市，大排長龍的春捲店、老闆的手幾乎沒停下過，蒙古烤肉的香氣總讓人胃口大開，服飾店的店員低著頭玩手機，街上三三兩兩的行人隨意看著晃著。

天一亮，這些囂鬧就會瞬間隱去，走在岑寂無聲的老街上，感受歷史的孤獨。錯錯落落的建築已有百年歷史，有著純樸的姿態，化為時代的縮影。這裡的純粹雜揉了許多蒼涼、艱苦，但它用一種最安靜的方式，在縱橫交錯的時空中，綻出屬於自己最真的滋味。

兩旁的廟宇香火鼎盛，熱鬧的大拜拜遊街，是新莊的聲音，充滿著信仰、虔誠與希望。無數神祇暗暗守護著這塊土地，我的家，新莊的家。

光害埋葬了星光的燦爛，都更也磨滅了新莊的寧靜。該說是順應時代的趨勢，還是命中注定的過程，好似所有雋永都逃不過現代化的命運。是犧牲還是自私，是保守還是改革，社會的價值就是二分法，為了社會進步就無法保存文化，為了維護傳統就不能持續發展。爭論不休的迴圈，好似是釐不清的。

世界的面貌是多元的，但人們總喜歡把事情抹壓成單一平面，把複雜單純化。不是單純不好，只是有時候牽連到的太多，用太簡單的詞彙總無法解釋得清。

記得有一次去老街吃餛飩麵，簡單的白色折疊桌上有陳年油黃的髒汙，老闆娘有點忙，在跟一位西裝革履的男士講話。「你的意思是講，新莊郡役所欲拆除喔！」、「袂使、袂使！你甘災？遐是我佮阮翁翕婚紗的所在，無通啦！」然而暗黃的燈光，上頭電風扇的嘎吱作響，旁邊的飛蠅，以及老闆娘國台語夾雜的抗議……嘩啦一聲，麵條被咬斷，落入湯裡，湯汁噴濺而起。我常常在想，該怎麼跟老一輩訴說現在的大環境。

解釋GDP，或說什麼經濟發展，都無法說服老闆娘。老闆娘就是老闆娘，她擅長的是包出好吃的餛飩，不是都市計畫。但，新莊對她來說不只是家，還承載著太多太多過往的回憶，說回憶太籠統，應該說那就是過去的她。現在有人跟她說，要把她的過去抹煞，那麼現在存在的價值又該如何體現？

這些真的都是一體兩面的嗎？溫柔就不能殘酷，堅強就無法軟弱，熱鬧就不能孤獨，守舊就無法革新。平衡點往往不是天平兩端的中間值，若找到蜘蛛網的核心，它所交織的，往往比我們所想到的要廣很多很多。

沒有一件事情是有對錯之分的，差別在於值不值得，只是最後終究會有失落的一方。時間走過我們的家園，走過我們的台灣，踩踏出來的蛻變誰也無法論斷。是否要等到被時代的洪流湮滅，乃至於化為塵埃之際，才能夠蓋棺論定呢。不過，這又該從什麼樣的角度思考呢？今人看前人的偉大，就是偉大嗎？那後人看今人，標準又是一樣的嗎？

生活在這裡的人，真正渴望的是什麼，細細感受這裡的生命脈動，血管淌流的血液，是文化的傳承，還是文明的革新？對這裡沒有情感的醫生，在病歷填上整形的治療方式，只能困於手術台上任憑處置，在皮膚上畫上縱橫交錯的線條，這邊修修那邊補補，早已看不出原貌。聲帶被割得碎裂，一句話都說不出，連嘶啞的哀鳴也無法被聽見。也許，整形後是光鮮亮麗的一面，但內心卻承載更多無法抹滅的傷害，空有外表的膚淺，在吸引旁人目光之後，便沒有可以深聊的話題。就像星星，若只有絢麗的光芒，好似就少了點雋永的歸依。

好像也無力抗爭，再多的舉牌、吶喊，都喚不回屬於這裡原有的寧靜。雖然與新莊相處不過兩年，卻也不禁為她嘆息。破壞會停止，傷口會癒合，疤，卻是永遠都在的。

在城市邊緣的夢從來不是主角，沒有繁喧的布景，沒有輝煌的燈火，沒有市中心帶來的歌舞昇平，它們也都像我窗外的新莊老街一樣，安靜，空曠，屬於月色，屬於星子。

殘霞斜灑在靠窗的書桌上，窗縫透進被都市人們忽視的鄉思嚶鳴，我起身看向窗外，在我無法望見的角度，有一群飛鳥，在一點也不相似的水泥叢林裡，尋找著原鄉的歲月。而再過不久，屬於城市的囂鬧就會掩蓋這股渴盼，隱去僅存的微弱的哀愁。

夕陽漫不經心走下老街，晚風路過龕前吹散了檀香，餘煙裊裊，關於新莊的夢，好似也同星星般，藏匿起來了。

邱羽瑄

一九九六年生，台北人，在高雄求學。
喜歡腳踩的這片土地大過於喜歡自己。
接納生命中每個微小的瞬間感受，溫柔對待每一個人，並努力微笑。
希望能在寫作的路上，溫柔且堅定地徐徐前行。

得獎感言

這是一個充滿溫度的營隊，每一個人都是最動人的故事。

謝謝生命裡所有擦肩而過的人，相逢的足跡是最真切的交流，縱使沒辦法擁有，至少曾經相見。

像一壺春光裡慢沏的茶，我們都在這裡醞釀下一次的回甘。

■散文類作品

決審老師評語

〈枷的鑰匙〉

李維菁

這篇作品應是這次參賽作品中最引人矚目的一篇，作者澎湃的情感、迷惘與憤怒交雜，還有那份訴說的渴望的激切，都讓人感動。

而作品中涉及的性別問題、家庭內部的剝削，作者將家與囚禁的意象連結，特別是那份性的暴力緊張，瀰漫在祖母、母親、父親與主人翁之間，家早已非提供安全庇護之所，而是隱密幽微的暴力的展演所，倒是父親的外遇對象，反而提供了一種平等的釋放感。

作者展現的情感能量與企圖心，令人期待他未來更多的表現。

〈回宿〉

李維菁

青春的時光迴旋中，自由瀟灑還帶著惆悵，這篇作品談時光的腳步，談自我的對話，還有那份即將進入成人世界的可能感傷。

這篇作品值得稱許的是它那份律動感，文字的節拍，畫面的串連，都展現出一種迎風滑翔的流動性。

〈鼾聲〉

劉克襄

這次參加徵件的作品，短稿不多，可能擔心短文難以盡述，在文學創作的競技上吃虧。但好短文，常更能博得驚喜。

透過同床睡眠，長期在狹小房間內，被母親鼾聲干擾的痛苦，點亮了此一小文的眉頭。從此一小小睡眠的違和，拉出自己和母親間遙遠的疏離。小品文貴在精簡，清楚地透過一個生活細節，生動地拉出糾葛不清的親情。此一功夫若非老手，並不容易達陣。但作者成功地踏出第一步。精彩的小題大作，讓一稀鬆平常的事，形塑成神經繃緊的議題。

〈星夜〉

劉克襄

透過緩緩敘述的文學筆法，新莊是什麼城鎮，產生微妙的有機生命。再加上小小的社會學觀察和分析，進而抒情地批判後，新莊的另一種美好可能也烘托出來。

這是文學的魅力，創作者的特權，視角獨特，顛覆了我們的既定印象。文中既緬懷過去的美好，但亦不否認開發帶來的商機。作者不選擇立場，或作價值是非判斷，只是陳述一種日常尚未注意，難以表述的城鎮印象，讓人看到更多可能。但論述亦不能過多，若少一些口號大論，多幾則生活小故事點綴，整篇會更加完美。

新詩類

首獎

許淳涵

台北車站偶見

那些女人
背後盪著叫拜樓的回音，和海風的鹹腥
群像般地走來

她們把車站大廳
漆成了拜占庭的巴剎
希賈布染滿色彩熾烈的告白
褶子裡收的
盡是忘返的風
想吻吻她卻香來一嘴山羊毛

滴水的眼鏡提醒了我
外面的雨，噢外面

正倒著亞熱帶的下午茶
避進這裡，竟有座蜃樓兀自
在來去的腳步間華麗

人流把中山地下街沖刷成一條來自異域的河
河的心事，被神祕的打扮與鴃舌鄉音
襯成一幅扁而模糊的布景
一場雨換一幕世俗劇
我看的熱鬧是他們蜿蜒的
門道

我該把摩爾人請進我的書房
把土耳其仕女

趕回安格爾的浴缸
把忽必烈的帳篷
給科律治燒來
抽兩筒

以直視那些面紗之下
眼睛裡的光
裡頭映著的是這座城市的美麗與猙獰
那些我自己看不見的地方

許淳涵

一九九二年一月生於嘉義，師大附中美術班及詩社成員，台大外文系畢業。現就讀於牛津大學現代語文研究所。愛吃和畫畫。

得獎感言

感謝經典的影子和退稿的評審。

新詩類

佳作

咖啡店的你

單珉

你喜歡一個人坐在咖啡店裡
閒適地　望著窗外匆忙的
人群　掀時間　從眼前疾步走過；
你品嘗光影的變換　路人的舉動
但你不知道
當你觀察人群　我也在觀察你

你打開了書本　像進入另一個時空裡
我用報紙擋著　裝作不經意地偷瞄你
想知道是怎樣的故事　才能吸引你的注意
是村上春樹　辛波絲卡　還是蔣勳？
有沒有可能　是我的名字

你啜飲了一口咖啡
「熱卡布加可可粉不加肉桂」
我在心中默念
多希望自己化為綿密的奶泡
融進你的心裡

總是這樣的日暮時分
你坐在落地窗前的高腳椅
與一本書和卡布奇諾　共度整個下午
而我將熱可可　佐以畫一般的你
閒適地　將日光消磨

夕陽灑在你柔軟的長髮

靈動的眼神　專注的注視前方
你的未曾察覺　讓我放肆自己的目光
不經意間　入迷的眼神已無法自拔

我雖不在你的視線　也不在你的世界
然而你存在我的此刻　如此已是最好

單珉

高雄人，十八歲的大一新鮮人，目前於台北念書，對於文字與音樂具有熱忱。夢想是成為廣播主持人與作家、獲得廣播金鐘獎並出版個人詩集。作品曾獲高雄青年文學獎新詩組首獎。

得獎感言

原先是抱著姑且一試的心態參加，連稿都是前一天才印出來的，沒想到承蒙評審們厚愛，實在是意料之外，萬分欣喜！全國台灣文學營是一個很棒的營隊，舉辦的文學獎更是非常好的磨練機會與交流平台，審稿的每位評審都很用心，也都是經驗豐富、獎掖後進的前輩。能夠得到如此殊榮實在是我的幸運，謝謝評審們，謝謝文學營！

新詩類

佳作

利敏

梅雨

抄寫詩人的字句
字句的日期也寫了
我的日期也寫了
我們的距離，是溫熱的

也難免的，匆匆。

貪心了一點
如雲如靄如霧，在濕潮中栽種
一滴眼淚
僅此而已
不能再多——

及後憶起春季
那深綠深綠的葉
以生命之名誕生

行人不停
只是善於成為過客

利敏

沒什麼追求，不詳加敘述了。

得獎感言

謝謝我的老師，李長青老師。

新詩類

佳作

王信益

寧願憂傷也不願乾涸

你的手心是否也像一座海洋
憂傷時海水滿漲，有時
卻又乾涸如一片
荒涼的　沙漠

我們始終在熟悉
熟悉一種更為成熟的偽裝
漲潮時憂傷溢滿口鼻
溺水的瞬間眼裡仍強裝著微笑
你以為自己會因此而溺斃
墜落時珊瑚卻緊擁著你

這是一座並不深邃的海洋

隨時都可能乾枯
乾枯成冰冷的，荒漠。
而更多時候我更渴望漲潮
憂傷的海洋總比沙漠真誠
那最好的時刻啊
是海水逐漸地消退
淺淺憂傷，未褪化成沙漠
即便淺潮無以長久
我仍願意等待
等待有一天我的海洋
不再漲潮，也不輕易地
乾旱

此刻，我僅能祈禱
那退潮的時刻永駐
哪怕只有短短一瞬
也寧願成為憂傷的海洋
不願再乾枯成
荒寒的　沙漠

王信益

一九九八年元旦生，魔羯座B型，出生於高雄，就讀於長榮大學財金系一年級。多愁善感，不喜歡看舊照片，會莫名感傷。耍廢無極限，超級懶惰蟲一條，ㄎㄧㄤㄎㄧㄤ的常發生一些蠢事，看的書不多閱讀速度緩慢，偶爾到咖啡店裡裝文青，書沒看完就先睡死了。太多難以言說的感受，因而寫詩。作品曾獲高雄市青年文學獎新詩類佳作。

得獎感言

感謝評審的青睞，也感謝印刻文學舉辦了這麼棒的文藝營，非常開心自己的作品能夠被看見與肯定，讓我在寫作上更加有信心。感謝謝秀鳳老師，當初只是為了交作業，卻意外踏上寫詩這個旅程，如果沒有當初老師的鼓勵，也不可能一直走到現在。感謝施傑原，當初發表在吹鼓吹詩論壇時，曾給予我建議與修正。也感謝六年來雖然走走停停，仍堅持寫到現在的自己。

內心時常像一座洶湧的海洋，許多感受情緒經常如浪潮般澎湃不止，有時為了壓抑氾濫的情感，而拒絕承認內在的不安與湧動，所有豐富的感受因而被抑制，成為一片荒涼的沙漠。

但願自己更能接受所有湧動的浪潮，擁抱每一個豐富的感受，更能愛自己。

決審老師評語

〈台北車站偶見〉

楊　澤

〈台北車站偶見〉寫假日蜂集在此的外傭群像，是一首令人驚豔的新詩。標題說「偶見」，其實是作者掩人耳目的話語策略，因為從一開始，此詩即充滿「直擊」的速度感與現場感，爆發力十足。我們讀者因此有幸目睹了，一個聞所未聞，見所未見的台北車站，不單迴蕩「叫拜樓的回音」，且海風鹹腥味陣陣襲人。而第二段畫面的視覺能量尤其驚人：「她們把車站大廳／漆成了拜占庭的巴剎／希賈布染滿色彩熾烈的告白……」不可思議的是，透過揮灑大量西洋藝文典故（東方主義及其他），年輕詩人竟能穩穩的將此詩，始終維持在某種意象與思想強度、高度上，直至最後而不墜，委實令人贊嘆不已。

結尾處，年輕詩人果敢站出來現身說法，堪稱是，針對二十一世紀資本主義城市，一記又狠又準的回馬槍：「以直視那些面紗之下／眼睛裡的光／裡頭映著的是這座城市的美麗與猙獰／那些我自己看不見的地方」。年輕詩人既能穿透（真理的）面紗，清楚看見資本主義的美麗與猙獰（結構性暴力），而最終又將一切歸結於某種「看不見」，這份未明言的弔詭與（自我）反諷，也許正是此作最難及之處。

〈咖啡店的你〉

陳育虹

雖說在愛的碰觸下，每個人都是詩人（柏拉圖語），但愛情該如何入詩？「書寫情愛是面對語言的泥濘，在那歇斯底里的場域，語言既太多又太少，過剩……或者匱乏。」羅蘭・巴特如是說。

避過可能的語言泥濘，〈咖啡店的你〉以不矯飾不累贅的口語，純真的態度，線性的直白敘述，寫青春暗戀之情。全篇轉折鋪陳自然，情境細節歷歷在目，完全訴諸個人經驗而非概念性描繪；結語「我雖不在你的視線　也不在你的世界／然而你存在我的此刻　如此已是最好」兩句，竟有湯顯祖《牡丹亭還魂記題辭》「情不知所起，一往而深」的溫柔動人了。

〈梅雨〉

陳育虹

情況假設是這樣的：作者抄寫下一首詩，寫下日期（為了記憶？），心領神會的剎那，與默契的詩人時空距離雖遠，交錯雖倉促，仍感覺溫暖。作者抄寫的，可能是柳宗元的〈梅雨〉：梅實迎時雨，蒼茫值晚春……；可能是李煜的〈相見歡〉：林花謝了春紅，太匆匆……；也可能是另一位詩人，另一首詩。

是哪一位詩人，哪一首詩並不重要，這只是創作的起點。作者從這起點感性出發，進入清明的知性：一切人事過眼即如雲霧，「在濕潮中栽種／一滴眼淚／僅此而已／不能再多……」。可能寫得十分沉重的傷懷與體悟，因筆墨的輕靈（像夾帶著光與空氣，Olav Hauge 會說），因語詞間的空隙而不顯逼仄，而有了新貌。

簡練，含蓄，素樸。最終，那如雲霧飄渺的思緒，在文字中找到著落。

〈寧願憂傷也不願乾涸〉

陳育虹

詩的創作經常是一個抒發過程，過程中詩人試圖為個人的情感找到想法，為想法找到說法；換言之，詩人必須理清抽象思維，將之轉化為具象文字。

本篇作者寫憂傷如潮來潮去，但這情緒之海「是一座並不深邃的海洋」，有時潮漲，溢滿口鼻，有時潮退，又乾涸如荒漠；在拉扯中，作者祈求的是相對平靜卻不枯寂的淺潮期，即便短暫。

以潮汐喻情緒起伏，意象或不出奇，但口語化的舒緩筆調，適足表達幽思。一首詩是一個心靈，誠然。

INK PUBLISHING

枷的鑰匙
二〇一六全國台灣文學營創作獎得獎作品集

作　　者　游筑鈞　許淳涵　粘祐瑄　蕭培絜　方郁甄　黃宣仁
　　　　　陳　郁　邱羽瑄　單　珉　利　敏　王信益
總 編 輯　初安民
責任編輯　尹蓓芳
美術編輯　黃昶憲　陳淑美
校　　對　尹蓓芳

發 行 人　張書銘
出　　版　INK印刻文學生活雜誌出版有限公司
　　　　　新北市中和區建一路249號8樓
　　　　　電話：02-22281626
　　　　　傳眞：02-22281598
　　　　　e-mail：ink.book@msa.hinet.net
網　　址　舒讀網http://www.sudu.cc

法律顧問　巨鼎博達法律事務所
　　　　　施竣中律師
總 代 理　成陽出版股份有限公司
　　　　　電話：03-3589000（代表號）
　　　　　傳眞：03-3556521
郵政劃撥　19000691　成陽出版股份有限公司
印　　刷　海王印刷事業股份有限公司

港澳總經銷　泛華發行代理有限公司
地　　址　香港新界將軍澳工業邨駿昌街7號2樓
電　　話　(852) 2798 2220
傳　　眞　(852) 2796 5471
網　　址　www.gccd.com.hk

出版日期　2016年11月　初版
ISBN　978-986-387-135-4

定　價　199元

國家圖書館出版品預行編目資料

枷的鑰匙
二〇一六全國台灣文學營創作獎得獎作品集
／方郁甄 等著；--初版，--新北市：INK印刻文學，
2016.11　面；　公分
ISBN 978-986-387-135-4（平裝）
863.3　　105020672